星 新一　森 茉莉 ほか

猫は神さまの贈り物
〈小説編〉

実業之日本社

実業之日本社文庫

猫は神さまの贈り物

小説編

目次

黒猫ジュリエットの話

森 茉莉

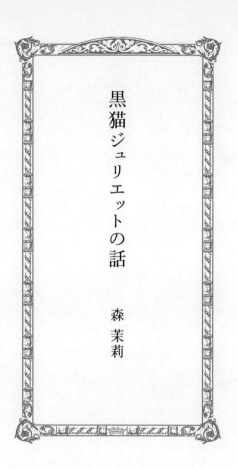

我輩は黒猫ジュリエット。全身艶《つや》のある黒毛で、びろうどの触感があるそうだ。眼は薄緑の所へ、名状すべからざる深さと濃度をもつ藍色《あいいろ》の瞳《ひとみ》。特徴は頭が小さく、体が尾へ行くに従って太く（主人の魔利《マリア》のいうところによると蚤《のみ》の形だそうだ）、足が普《なみ》の猫族より長く、曲り方がひどい。尾は曲った尖端《さき》が旋毛《つむじ》があるがごとくにひしゃげて、平《たいら》に拡がり、これは主人の形容では洗って干した牡丹刷毛《ぼたんばけ》だそうだ。自分には見えないが咽喉《のど》の下に十五本、下腹に七本、首の後《うしろ》に細《こま》かいのが七本、白毛がある。

主人は時々、我輩の寝そべっている傍《そば》に、我輩の二十倍はたしかにある図体で横たわり、――もっとも横たわる、なんていうような優美なものじゃない。すごい大きさで、河岸に着いた鯨《くじら》のようなものだ。しげしげと、我輩を眺《なが》め入っている。主人は我輩の美貌にいかれていて、《私《あたし》はジュリエットに恋愛なんだ》と、親しい友だちに言っているが、何かの会の席上でも公言しているらしい。夕方の薄明るい部屋の中で、我輩の背中に頬をくっつけ、さも楽しそうに長い間じっとしているかと思うと、前脚を手にとり、下から我輩の顔を見上げ、飽きる気色もなくそうやったままでいる。

「真黒な存在《エキジスタンス》。バルドオより魔物で、ドゥロンより冷たい眼である。どういう理由でエキジスタンスしてるんだ（文法が間違っている）？　エキジステすべき理由も価値もないじゃないか。エキジスタンシアリスト!!」

「実存主義者《エキジスタンシアリスト》」がどういうものだか知りもしない主人魔利は、さも愉快そうに我輩を小突くのである。恋愛だかなんだか知らないが、我々猫族にはこういう愛情表現はないので、こっちは嬉しくも癢《かゆ》くもない。迷惑なだけである。

我々猫族には「愛する」ということはない。だが、長年飼われてみると親近感は大分持つようになって来た。主人の魔利と我輩との間柄は、というと、主人は我輩を絶えずいじめつける、我輩の方は五月蠅《うるさ》がる。日に平均一度は喧嘩《けんか》をする。（あまりひどい時には短期の家出をしてやることにしている。主人はこれを半家出《はんいえで》と称して、心臓がどきどきするほど心配するから気味のいいことこの上なしである）と、いうような、まあ恋人のような間柄といっていい。いじめるというのはどうやっていじめるかというと、たとえば頭を拳骨《げんこつ》の角で叩いたり、生け捕りの猪《いのしし》よろしく四つの脚を持って吊《つる》し上げたり、空へ放り投げては、毬《まり》のように受けとる。又は前脚と後脚とを別々に握って、我輩の体を上下に最大限にひき伸ばす、等々、日により時によって千差万別のやり方でやられる。最も苦痛なのは、坐っている我輩の顎《あご》をしゃくうように持って体ごと吊し上げる。我輩は前脚を縮めてぶら下げ、咽喉の奥をゴクリと鳴らして、眼を空に見開く。その時の我輩の眼の表情が欧外が、愕《おどろ》いた時に似ているそうだ。一代の文豪に似ているのは有難いが、日に一度はやられるこの宙吊りの刑には全く閉口だ。

欧外というのは魔利の（体裁《ていさい》を考えて主人と書いて来たが、魔利と書くことにする。大体主人だなぞと思っていやしないのだ。主人だの飼主だのと言える人物ではない。詳しくは後にのべるが、ぐうだらべえで、ものぐさで、箸《はし》にも棒にもかからない、という代物《しろもの》である）父親らしいが、魔利に言わせると、彼は一代の文豪ではなくて一代の名飜訳者であり、又一代の明るい頭脳の男であるのに過ぎないそうだ。頭のいい人間は日常、絶えまなく機嫌のいい顔をしているものらしいが、欧外がそうだったそうで、（註――細君の多計《たけ》と喧嘩する時を除《の》けては。であって、この註釈をうっかり忘れると欧外研究家に叱られるそうだ）そういえば魔利が時々朗読する欧外の小説の中に、欧外が彼自身を書いたらしい男が、機嫌のいい顔をしている所が書いてあったようだ。その文章には、少し自慢の感じがあって、実際にそういう人間であるために感じが乗り移って、ひどく感じが出ていると、魔利は言っている。魔利のような頭の悪い人間は反対に、日常いつも機嫌が悪い。「女中が『お風呂が沸きました』と言うのを待って、廊下を歩いて湯殿へ行くのさえ面倒くさかったのに、あらゆる道具を特大の洗い桶《おけ》に入れ、黄色い湯上りタオル（埃及《エジプト》の黄色と魔利は称している）を上からかけ、いがみの権太の首桶よろしく横かかえにして往来を歩き、橋を渡って〝北沢湯〟まで行くなんて、死んだ方がましだ」。と言っては怒《いか》り、新聞の集金人、米屋、税務署署員なんていうものは夏はトマトをジャアから出した時に来るし、冬は熱い肉汁《スウプ》を注いだ時に来る。と言っては怒《いか》っている。

魔利は或日友だちの野原野枝実《のえみ》を摑まえて言っていた。

「私《あたし》が彼に影響されたのは飜訳小説よ。小説からは無意識に文体が似たらしいだけよ。大体飴屋《あめや》の爺さんが『青い分《ぶん》の茶もある』なんて言って、欧外みたいだったり、貴婦人が『何々でさあね』なんて言ったり。コロオが樹の葉も幹も、原っぱも褐色《ちゃいろ》にしちゃったのは、美のために褐色に統一したので、それは画だからいいけど、小説では美で統一すればいいってものじゃないわ。小説の中で理窟《りくつ》を言ってるけど、理窟を教わるために小説を読む人なんてないわ。彼が激賞した梅村つね子の、シングの『いたずら者《プレイボオイ》』なんかアイルランドの百姓のせりふが生き生きしていたけど、自分で読んでほめていて、自分のは変だって気がつかないのかしら。象牙《ぞうげ》で彫ったような、白くて香《にお》いのいい花のような文章はみとめるし、乾いた文章でいて、抒情《じょじょう》的に書く人のよりどうかすると感情があって、ロマンティックなのはいいし、寝台場面を書かなくても寝台場面が綺麗《きれい》なのがわかるのもいいけどさ。大体寝台場面は書かない人もあるけどさ。書いたっていいでしょう？　要するにその恋愛の窮極を綺麗だと思わせるか、描いちゃうかでしょう？　描かないのは古典で、描くのはこのごろの小説よ。伝統はいいけど伝統は新しいものを吸収して行くものなの。真実《ほんとう》の伝統は新しいものを解るし、容《い》れる伝統なのよ。清水焼の六兵衛もラジオでそう言っていた。六兵衛茶碗知らないの？　野枝実はなんにも知らないんだから。矢沢聖二の、知らないの？　そりゃあ野枝実の読む小説や詩の本の中に矢沢聖二が出てくることはあんまりないだろうけどさ。コンダクタアよ。矢沢聖二の締め出しなんか伝統を誇る人たちのすることじゃないわ。R交響楽団が締め出したのよ。じれったいなあ、全く……」

「だってさ、知らないからさ……」

野原野枝実は踊り出したのかと思ったほど盛んに手を振り、身動きしながら、慌てた様子を示しはしたが、内心では魔利の卓論をどこやら怪しいな、と思い、ちゃんとした評論を読んで真実《ほんとう》のことを知ろうと、想ったに違いないのだ。魔利の議論は味方にとってはきいていてハラハラして来る議論である。

魔利は尚《なお》もお調子に乗り、

「あなたも寝台場面をかくのよ、例の小説の時、絶対よ」

大変な先輩もあったものだ。野原野枝実は真実《ほんとう》のところ魔利の小説は尊敬しているが、魔利の議論を信用している訳ではないらしい。魔利の説を聴いている時の彼女の眼をみればそれは解るが、躁狂《そうきょう》みたいになっている魔利は気がつかない。何しろ欧外がびっくりした野原洋之介の娘だからな。欧外には野原洋之介の真似は出来ない、なんて言い出すと、野枝実は猛烈に反対し、ひときわ盛んに踊り出すので、それと格闘するのが億劫《おっくう》だと言って、この頃では魔利はその話はしなくなった。この様子ではいつどこでどんな恥を掻《か》いているか分ったものではない。魔利の議論は、文科の女《おんな》大学生にでも簡単に言い負かされる程度の議論なのである。独り言《ごと》でこういう迷論を自分で冷罵《れいば》していることもあるから、自分でも心得てはいるらしいが、時々どういう加減か自分が何でも解るような気がして来るらしい。言い出すと自分の話に酔っぱらっていろんな例を引っぱり出してくるが、六兵衛のやきものを見たこともないし、矢沢聖二の指揮を見たこともない。(見たって解りもしないが)偶然ラジオでエゴン・ペトリの弾いたリストの「メフィスト円舞曲」を聴いて感動し、私《あたし》は音楽が解るんだ、なぞと言っている。頭のどこの加減か知らないが、時々何かにとり憑《つ》かれたようになって喋《しゃべ》り出し、喋り出したら止まらないので自分でも困っているらしい。

欧外は軍医総監や博物館総長、図書頭(ヅショノカミと読むのだそうだ。図はたしか図書館《としよかん》の図《と》だと思うが、得意そうに人に喋っているところをみると、誰かにきいたか、読んだかしたのだろう）、又は文学博士、医学博士、なぞになった男だそうで、今新聞に広告が出ている偉人百人集に名がないのを魔利は不思議がったり、よろこんだりしている。欧外は文学者（ことに小説の）の百人集には入《はい》れないから、偉人集に入れて貰わないとするとまるで滓《かす》だそうだ。そうかといってエジソンやワシントンなぞと混ると、感じとして一寸《ちよつと》変な気がするんだそうだ。だがここに入《はい》らないとすると文学者として偉いことにされたことになるから彼にとっては望外の尊敬を受けたことになるんだそうだ。

魔利が変な人間だということは前に書いた他の二篇（この方は魔利の作）の中に既《すで》に歴然としているが、我輩から見た、もうひと皮剝《む》いた真実《ほんとう》の彼女を描いてお見せしようというのが、この文章の主眼である。

この文章の中には、魔利の外出先の出来事も書くので、千里眼の猫かと怪しむ人もあるかも知れないが、魔利は、その日その日の出来事、又彼女の心の中にあることは殆《ほとん》ど全部独り言で喋りちらす癖を持っている。それは大変なもので、彼女のお喋りを筆記しておけば、魔利が今迄《いままで》に書いた小説（？）なぞは何十冊でもたちどころに出来上るし、又彼女の日々のたべもの、朝、昼、夜の食事のお菜《かず》から、菓子、果物、物哀《ものがな》しい銀行預金の帳尻、白雲荘の住人の、子供も含めて全部の動静から、癖、笑うべき、又は憎むべき欠点、彼女の持っている貧寒な衣類の数、少ししかない衣類の状態（たとえばどのスカアトは釦《ボタン》がとれているとか破けているとかの状態である）まで、すべて解るのである。右隣りのおでんやの若夫婦と、左隣りの会社員と、恋人との二人組は、それらのすべてを知っている筈だ。こっちが眠りたいと思う時には五月蠅《うるさ》くてやり切れない位である。

何でも彼女の言によると、女が男より長生きだという世界的統計を出したどこかの国の学者の言によると、女が長生きするのはお喋りだからだというのである。科学的、又は生理学的理由は魔利なぞのはかり知るところではないが、外国の学者の言うことだからというので、魔利の奴はその記事を読んだ瞬間深く、信用した。そこで自分には家族というものがないから、猫に喋り、又は絶えまなく独り言を言うことにしたのは、まだ我輩が彼女に拾われる以前からの、灰色の濃淡の鯖猫《さばねこ》がいた頃からのことらしい。最初はそういう理由で、鼻歌を歌ったりし出したのだが、今ではもうそれが頑固な病気のようなものになっている。大体において新聞雑誌、週刊誌の熱読者であって、そこに出ていることを信用する癖がある。どこか頭脳の一部に馬鹿なところがあるのは我輩の夙《つと》に信ずるところだが、その程度は相当ひどい。

或晩我輩が眼を醒《さ》ますと魔利は、虚空を睨《にら》むがごとく、天井に大きな目を向け、仰向けに寝たまま、全く不動であるから愕いた。その内眠ったが、翌朝になって怒り、且《か》つ恨む彼女の言をきいて我輩はつくづく感じ入った。彼女の馬鹿さ加減に、である。無論である。彼女をみて普通だと思う人間は、人前でさも利口そうに喋る魔利を信じて、真実《ほんとう》の魔利を知らない輩《やから》である。魔利は、我輩は知らなかったが、その日クロロ、なんとかいう丸薬を買って来て、その一粒の四分の一を呑んで寝たのである。

十二歳の時に千葉の別荘で、下女を伴につれて毎日別荘の下にあった夷隅《いすみ》川に入り、足を水の中に浸《つ》けっぱなしで、午前と午後と前後各三四時間、蜆《しじみ》とりに熱中した魔利は、一週間後帰京した時には、もともと大きな顔の大きさが二倍になってい た。両国駅に出迎えた母親の多計が青くなった。

「奥さま、お嬢さまはお丈夫におなりになって、こんなにお太りになりました」

と、鼻高々にいう下女の言葉に小耳もかさず、多計は魔利の手をひいて、人力車に乗せて連れて帰った。その時以来腎臓炎になって、それが長期の慢性になってい る魔利は、夜中に必ず手洗いに立つ。その時は厳冬で、それが寒くてやり切れない のに閉口した魔利は、或朝新聞の薬の広告に眼を奪われた。そういえば約十五分は くりかえしくりかえしその、一頁全部を埋《うず》めた大々的広告に眼玉を凝らしていたよ うだった。そこに夜中に起きなくて済む名薬として、そのクロロ、なんとかいう新 薬が誇大に報告されていたのである。だが感心なことに（そのお蔭で命が助かった のかも知れないのだが）新薬ですごく利くというので要心する気になったらしく、 薬の壜《びん》に巻いてあった紙の説明を一心に読んで、十二歳以下は二分の一としてあっ たのを四分の一、嚥下《えんか》したのである。

ところが夜中にふと眼が醒めると、魔利の心臓は今にも破裂しそうに脈打ってい たのである。ズキンズキンと動悸《どうき》が高く搏《う》って、仰向けにねている頸《くび》の後のつけ根 から頭の中までが一しょに、音がする程脈打っていた。魔利は烈しい恐怖に襲われ たが、少しでも体を動かせば心臓が破れそうなので、寝台を下りて門番の硝子戸《ガラスど》を 叩き、医者に電話をかけて貰うことなぞ思いもよらない。魔利はこのまま死ぬのな ら、死ぬより致し方がないと、覚悟をきめざるを得なかった。それで大眼玉で天井を睨んで不動の姿勢をとっていたわけだ。

もしこの薬を、私《あたし》より以上に心臓の弱い、又私《あたし》より年よりの人が飲んだら一体どうなるのだ、と、自分以外にはありそうにない馬鹿者を想定して魔利は怒《いか》った。そうしてその丸薬を買った薬屋に抗議に行ったらしい。ところがその薬屋の、色の生白い、魔利のもっとも嫌いな質《たち》の美男の店員は、言った。

「あの薬は今デエタを集めてるんですよ」

冗談じゃないわ。それじゃあ私はモルモットじゃないの。絶対許しておけない。新聞に出して警鐘を鳴らそう。と例によって独り言で威張っていたが、その日の内に忘却してしまった。

我輩としても、そう、うっかり死なれては、早速路頭に迷うわけだから、気をつけて貰いたいものだとは思うが、そこが魔利の魔利たるところで、気をつけるというわけにいかないのだ。人生のすべてにおいて不注意な魔利の頭を改造する薬は、新薬にしろ旧薬にしろある筈がない。哀れなる魔利よ。我輩は歎息《たんそく》した。

四年位前のことである。永井荷風が、黒っぽい上等の羅紗地《らしゃ》（荷風はウゥルとは言わないのだそうだ）らしい古いマフラアで顔を蔽《おお》い、オーヴァアコオトのまま、行路病者のような形体で、魔利が一度見たことのある煎餅《せんべい》蒲団の上で死んでいる写真を夕刊で発見した魔利は愕き、感動し、次に恐怖に襲われて、新聞をなげ捨てると外套《がいとう》を着て扉を明け、鍵《かぎ》をガチャガチャ言わせて締め、いずくともなく走り出て行ったが、その頃通っていた「ミネルヴァ」（喫茶店）に飛んで行ったのがあとで分った。

魔利は自由勝手な生活に徹底する為《ため》に、親類兄弟との交際を絶つほどの勇気はないから、人並みの交際をしているので、電話で医者をたのむことも、入院することも可能ではあるが、急死の場合はその手段は適用出来ないということに、こと新しくその晩思いを致したのである。そうしてアパルトマンの一室の、夜の電灯の下に独りで坐っているのに耐えられなくなって、光を慕う虫のように、電灯の光と、人々と、珈琲《コオヒイ》の湯気のある、そうして梟《ふくろう》時計の目玉が一秒ごとに右に左に動いている、その喫茶店へと、闇の中を走り出したのだ。

次の月の雑誌に、荷風の死についての諸家の感想が並んだ。魔利は最大の興味でそれを読んだが、魔利が敬愛極まりない甍平四郎《いらか》の文章に、もっとも感心したのは言うまでもない。甍平四郎は、荷風の死を自分の身に引き比べて考え、自分は今、毎日の一日を、金ピカの一日だと思っていると、書いていた。魔利は「金ピカの一日」に感心した。水谷梅子という先輩が、或日魔利に向って甍平四郎には思想がないと、言ったらしい。彼女は魔利の父親の欧外をほめて、対照的にうっかり平四郎をもち出したのであるから怒るべきすじあいではないのだが、それにも拘《かかわ》らず魔利は怒り出したらしい。全くバカげた話である。

その夜魔利は例によって独り言で、くどくどと平四郎と思想について喋った。（甍平四郎には思想がないんだって？　私《あたし》には解らないいろいろな、たとえばアランだとか、パスカルだとか、ニイチェだとかの難しいのでなくては、思想ではないのだろうか？　もしそうなら、私《あたし》には一言《ひとこと》だって言えない。でも私《あたし》は平四郎が女ひとに憧《あこが》れ、それを追求〈批評家がほめる時に遣う言葉である〉した、その「女ひとへの憧憬《どうけい》」は、どうかすると彼が間違えられていたような「頽廃《たいはい》」ではなくて、清らかな、大きな、ものである。母体への憧憬に、それは真直に通じている。母体に自分が還元したいというような強烈な心なんだ。それが一貫した平四郎の思想なのである）と。なんだか知らないが平四郎のことというと昂奮《こうふん》状態になるから、そういう時にはそばへ寄らない方が無事である。昂奮のあまり、首を吊るされっ放しにされてはことだと、我輩はこっそり部屋を出たが、こういう議論は、批評家の認めるところとはならないにちがいないと、我輩はひそかに、笑った。

甍平四郎の偉大さはもっと別の論じ方で、もっと立派に論ぜられなくてはならないのだということは魔利にもわかっているのだが、誰も魔利の言おうとするところを充分に、小気味よくは衝いてくれないので、一人で昂奮する結果になるのである。だが甍平四郎が偉いということには、我輩とて異論はない。

いつだったか平四郎はこの部屋に入って来た。まず、我輩は彼の眼が、チラリと我輩の上に走ったのを感じたが、異様な眼だった。眼《め》というよりは眼《がん》である。平四郎自身もその随筆の中に、チャリンコの眼だと、書いているそうだが、黄色い、というよりは薄茶を帯びた、虎なぞの眼のような色で、誰かの手で両方から引っ張られたように開いている。細いくせに大きい感じのする眼である。瞳は濃い茶だが、全体に黄色い感じがある。魔利が、雑誌に出た彼の文章を読むのを聴くと、我輩の牙《きば》の長く突き出た形相が(現在では牙はぬけて、猫相がよくなり、再び美人に還ったが)、鋭く捉《とら》えてあったのには愕いた。

魔利は口癖の「ゴッホの向日葵《ひまわり》」をもち出して、平四郎の我輩の猫写を、ほめた。

平四郎によって、我輩というエキジスタンスはその精髄を吸いとられたので、以後の我輩は一つの透明なぬけがらである、そうだ。我輩は一つの透《すきとお》った形骸と化して、さまよっているのだそうだ。飛んだことになったものだが、そういえば、我輩もそんな気がしないでもない。あの眼だ。あれは恐るべきものだった。我輩は魔利のその独り言を聴いた夜と、次の日一日、なんとなく自分の体が透明になった気がしたのである。（鶴亀。鶴亀。我輩はまだ生きている。一つの立派な「存在《エキジスタンス》」なんだ）

我輩は魔利の傍に首をちぢめて蹲《うずく》まった。その我輩の気配が魔利に通じたらしい。魔利は我輩を膝《ひざ》の上に乗せて、言った。

「ジュリエットは生きてるよ。大丈夫。大丈夫。《触って御覧なさい。一つの現実です》」

魔利はア・ファイコの「ブブス先生」の台詞《せりふ》を、得意そうに、諳誦《あんしょう》した。思想性が欠如している魔利はこういう、一寸《ちょっと》哲学がかった言葉に弱く、そういう言葉の中の一つが偶然頭に残っていると、何かにつけてその言葉を適用して、悦に入るのである。

そういう魔利だから、或時一つの、一寸見では思想のように見える「考え」を発見した時には天にも昇ったように、喜んだ。実をいうと魔利のその「考え」は、魔利がその考えをもとにして「夢」という小説を拵《こしら》えはじめた時、小説を書いて行く内にだんだん明瞭《はっきり》した形に固まって来たのである。つまりフランスの格言《ことわざ》の《L'appétit vient en mangeant》《食えば食欲が出てくる》のようなものである。そうしてその小説が終りに近づくころには、あたかも確乎《かっこ》とした思想のようなものになって来て、寂寥《せきりょう》の翼の音は魔利の部屋の空間で羽撃《はばた》き、それはついに魔利の周囲を埋め、魔利は文房具屋のベエトオヴェンのような深刻な顔になって書き、続けたのである。

その小説の書き出しはなんでも、

ユリア（魔利のことである）は幼い時から、きのうあったことだの、ゆうべみた「ゆめ」のことをうっとりと想い浮べている内に、明日が遠足の日であったことも、持って行かなくてはならない手工（今の工作）の材料のことも忘れ去ってしまうから、「ゆめ」の中で生きているようなもので、ユリアの人生はつまり、一つの「ゆめ」の一種である。

というのである。薄ぼんやりで、間抜けと、もの忘ればかりしている、単に、バカげた人生を、ここまで意味ありげにすることが出来るものかと、我輩はことごとく感に堪えた。とにかく大変な思想（？）であるが、その魔利のご自慢の思想というのは一口に言うと、時刻《とき》というものが一秒の何分の一の速さで一瞬、一瞬に飛び去るから、「現在」という時刻はないのだそうだ。その飛び去った時刻はどこへいったのかと思うとどこかに見えている寂しい世界の上に、灰色に透《すきとお》って、積み重なっているので、過去というものはそんなものだと思うせいか、手の平に残っている父親の手の平の触覚も、上膊《じょうはく》に今も感じられる注射針の痛みも、今も眼に見える鮮明な色も、ほんとうにあったのかどうか、信じられない。未来はというと、一瞬、一瞬に飛び去る時刻の連続でしかない。

昔、父親の眼に映ったことのある紅《あか》い建物が、現在自分の眼に映っているのを感ずると、その昔の瞬間と、現在の瞬間とがふと一つに合致していて、その間にあった、透った時刻の堆積《たいせき》は、消え去り、無いのと全く同じに思われる。だからすべてが空虚である。と、いうのである。

小説の中のユリアはどうにかして、飛び去る時を、その中の一つでもいい、飛び去らんとする瞬間でもいいから摑まえたいと、熱望するのであるが、本ものの魔利が、どうやったら「今が現在だ」と思うことが出来るかと、思案した時、魔利は昔ウオッカを舌の上にのせた時の瞬間を想起した。魔利が舌にのせるや否《いな》や、ウオッカは火になって魔利の舌を灼《や》き、咽喉を灼いて、鋭い無味《むみ》の味と一しょに、あたかも魔利の怖れる時刻のように素速く通過した。火酒の鋭い痛みは、その後魔利が再び火酒をなめた時、全く同一の感覚で、魔利の舌の上に再燃したが、それは魔利の忘れることの出来ないものになって、その触覚は魔利の心の奥底に残り、魔利はまだ知らない恋愛というものが、そういうものであると、信じた。火酒の触感は魔利が悪魔を空想する時、悪魔を中に持つ男や女を考える時、魔利を誘惑するかのように、魔利の舌と咽喉との上に、再び燃え上った。

つづいて魔利の頭に、幼児の一つの記憶が、浮び上った。消毒薬と酒精《アルコオル》の匂いの漂う中で、医者が魔利の上膊に刺した注射の針の記憶である。医者が上膊を擦《こす》る酒精の匂いで幼い魔利の恐怖は頂点に達する。次の瞬間、出来るだけ首を捻《ねじ》って向けた魔利の上膊に、鋭い痛みが燃えた。医者の指で揉《も》まれ、母の手で、繃帯《ほうたい》の上から抑えられた上膊が蒲団の下に優しく入れられる。医者が去り、夕闇の中で眠りに入ろうとする時、微《かす》かに残る疼痛《いたみ》が、不思議な陶酔の中へ魔利を誘《いざな》った。

その時魔利は、飛び去る時刻の一つを捉えるのには、それらの鋭い、火の瞬間よりない、という考えに到達した。痛みと陶酔の火だけが、飛び去る時刻の一つを摑まえる。それだけが、飛び去る時刻の翼の、陰々たる音を掻《か》き消し、矢のように飛び去る無数の時刻の一つを摑まえるんだ。と、魔利は想うのである。

魔利はその「考え」の中に全霊を、浸し、気取った文章で、縷々《るる》として、書いた。書いている内に、時刻の飛び去る翼の音におびえて来て、いよいよ哲学者気取りになった魔利は、

（親しい人が部屋に入って来て、外套を脱ぐ時の、布と布との擦れ合う音の中にも、ユリアは時刻の飛び去る翼の音を、聴いた）

などと、書いて、いい気分になったのである。全く愕いたものである。魔利が百枚以上も書いた、さも意味のありそうな、文章の「素《もと》」はといえば或日魔利がふっと、時間が時計の針の音よりも速く飛び去って、現在がないことに気づいたことである。自分が匙《さじ》を卓子《テエブル》の上においた時刻も、その手を匙から離した時刻も、忽《たちま》ち飛び去って、還って来ない。魔利は私《あたし》の一生は殆ど一分間で終ってしまうんだと思い、早く死ななくてはならぬことを、恐怖した。魔利の思想のようなものというのはた

だそれだけの、早く死ぬのがこわい魔利の、頭にとりついた幻想である。我輩は魔利が友だちに読んできかせた、陰々滅々として翼の音の羽撃く文章を聴いて、つくづく感歎した。我輩はそれ以来、本ものの哲学者にさえ疑惑を抱くようになった。西欧の偉大な思想家の思想も、もしかしたら便所の中で思いついたのをこね上げたのではないだろうか。魔利のようなバカげた人生から、ともかくあれだけ深刻らしい言葉が出てくるのだ。天麩羅蕎麦《てんぷらそば》の海老《えび》か、メッキの指環《ゆびわ》のようなものだ。

それから何年か経った時、魔利は或日「夢」を見た。魔利がどろどろになってその中に溶けてしまったのだから、恐しい夢である。魔利はその夢の中で、或、奇妙な、というよりいいようのない陶酔に衝《つ》き動かされて、一つの恋の物語を書き、その感動がその一つの物語だけではおさまり切らないので、又二つ、三つと同じような恋の物語を書いて、その恋をとうとう、恐しく哀れな、窮極にまで追い詰めたが、それが全く無意識の状態でなされたことであって、魔利にはどうしても、その物語を自分が書いたのだと、自覚することが出来ない。(そうかといって他《ほか》の人が書いたとでも言うの?)。そう魔利は自問するのだが、自分の手で書いたことは書いたのだが、やっぱり、自分で書こうとして書いたのではないのである。魔利が写真を見て恍惚《うっとり》となった二人の映画役者が、自分勝手に笑ったり、椅子から起ち上ったりしたので、小説は今も実在している。城のような家の奥の、森の中には、今も少年が埋っていて、家は荒れて、窗《まど》がギイギイと風に鳴っているのである。

二人の男が幸福に生きている筈の本郷の家は、もとのままで、白い、透った精のような娘が、〃失恋の悲哀〃の中で死んだ、その死骸の上に築かれた幸福を享受している二人の男の、異常な、だが清らかな恋愛が、今もつづけられていて、次に起る、恐しい出来事を、魔利に空想させ、そこに出てくる筈の青年の父母である老学者夫妻、田園の邸。老いた御者、とその息子、台所女中と、老医、偽りの婚礼。五回目の贄《いけにえ》になる美しい娘、娘の死後の二人の抱擁。警官。刑事部長。刑事部長を扉《と》口《ぐち》に寄りかかって視る少年の眼。なぞが抑えても抑えても、湧《わ》き出て来て、それらは既に存在しているし、最初の物語の少年は黒い男の寵童《ちようどう》となって悪魔の幸福の限りを尽している。北沢の奥の家の前庭の馬肥やしとしゃくなげは今も、青々と朝の露を浮べ、少年の発案で今では黒い男が偽名で買い取り、二人の別邸になっている。すべての家は今もまだあって、魔利はそこへ入って行きたい想いが抑えられない。

四回目の贄のほふられた六本木の家は、会社員の古手が後払いで買い取ってアパルトマンをはじめたが、不振で逃げ出し、今は空家になっていて、クロオドとユリスとの天国と地獄との綯《な》い混った幸福、天使と小悪魔の合体物であったユリスと、神とレヴィアタン（聖書の中の怪獣）との混合物のようだったクロオドとの、恐しい恋の幻影が浴槽の縁にも、窗掛《カアテン》の襞《ひだ》の中にも隠れていて、夜昼低い、かすかな声と呻《うめ》きとが、壁の中で鳴っているのだ。我輩は知らないが魔利がそう言うのである。

それらの物語の群は、青年が美しい少年を愛する、それも二人とも裸になって寝台《ベッド》の中で、何度となく恋愛場面を繰り返す、というようなもので、「ソドミアン物語」という、魔利が思ってもみなかった名称で、批評家から呼ばれた。

批評家がそういう言葉を使ったことは（それが当然のことで、男同士の恋愛は、そういう名称のものなのだから、怒るべきすじ合いでないのは、我輩にはわかっているが）魔利を怒《いか》らせ、魔利の機嫌がひどくわるくなり、そのために我輩は何日も迷惑をした。魔利は、ソドミアンという英語を、日本語で書くことさえ、神経がたえられないと言って、怒《いか》った。魔利は二人の男の寝台場面を書く時、そんな名称で呼ばれるような、実体は、眼にみえなかったのだそうだ。灼くような、綺麗な恋愛は、悪魔のわらいと血の匂いとを纏《まと》いつかせているが、その二人の青年は、魔利が平常父親の白い塑像をそこに夢みる、鈍く薄い色をした河の辺の、月桂樹《ロオリエ》の生い茂った、透明な灰色の世界と、同じ場所のように似た世界で、神話の中の男神《おしん》と、ナルシスとのように、(そんなことを言う魔利は神話を読んだことがないのだから、恐れ入るが)絡みあったのだ、そうだ。

我輩ばかりでなく、魔利の先輩の女流文学者も、いろいろな編輯者《へんしゆうしや》も、友だちも、くりかえしくりかえしその憤懣《ふんまん》を拝聴させられた。被害は傍にいる我輩に於《お》いて最も甚大《じんだい》である。《死せる孔明《こうめい》、生ける仲達《ちゆうたつ》を走らす》。吉良野敬、山上月太郎等々の批評家たちは、悠々と自宅にねそべって、我輩に危害を加えたのである。それらの士は、黒猫ジュリエットの薄青い、夜の空より濃い藍色の瞳をもつ二つの眼がどこかの隅から彼等を窺《うかが》い、冷たく光っているのを、ご存じですか?

ところで困ったのは、その二人の青年が魔利の根柢《こんてい》に、深く沈みこんで来たことである。二人の美しい男は魔利の心臓の壁に、一晩置いた紅茶茶碗の滓《かす》のようなものを染みつかせるに至り、魔利が雑誌を開き、或感じを魔利に起させるような家の写真や、景色を眼にいれる度に、その二人はその家に住みたがり、その風景の中で水に放した魚のように動きはじめる。そうして陰惨な林と砂利の道の上では、再び血の匂いをおびた恋の殺人が行われようと、する。魔利はその誘惑を逃れようとして必死にならなくてはならない現在の境遇に、無限の恨みを抱いている。

「小説家というものは同じ小説を書いてはならない」

という、鉄則が、文章の世界にあることが、魔利の必死の逃亡の原因である。やがて魔利は再び下手くそな小説を書きはじめるだろう。次に書く「異常な恋愛」は、魔利の過去の中に、影のように、ではあったが、実在していたものであるために、「夢」になり難《にく》いらしい。

魔利は小説を書いて、「黒潮」か、「鹿園」に出して貰って（このごろは「黒潮」だけになってしまった模様だが）それを本にして貰い、それが少くとも今まで位は売れなくては、生きていることが出来ない。空気を吸い、米かパンを食して、生命を保持することが出来ないのである。実はこれがもう一つ奥にある、真実《ほんとう》の、切実な原因である。魔利は同じ人物の出てくる小説を、頭の中の空想の翅《はね》が折れて、用をなさなくなるまで、書きつづけても、別に悪いことはないと、思っている。世上《せがみ》矢州志《やすし》というヴェテランの文学者が、同じ人物を使った小説を、いくつも書いているると、どこかの雑誌に書いてあったが、世上矢州志なら書いてもいいのだろうか、と魔利は或日呟《つぶや》いていたが、世上矢州志はなんでも書ける、いくらでも書ける、玄《くろ》人《うと》の小説家である。魔利如きが這《は》い登ろうとしたって登れないところに立っているのだ。「夢」に書かせて貰っているのじゃないのだ。魔利の「夢」がどれほど綺麗だろうと、「蟷螂《とうろう》の斧《おの》」である。考えてみれば、魔利に登れないところに立っているのは世上矢州志だけではない。女流を含めて、すべての小説家が、そうである。

（絶望なるかな!!）

魔利はそこに思い至ると、へこたれるが、米やパンを買う金がなくては、何が何《なん》でも困るのである。（又もう一つの「夢」が見えるかも知れない……）魔利は黄昏《たそがれ》の窓の明りに向って、何か眼に見えないものを見ようとするように、その大きな眼を見開いた。

この奇妙な「考え」にとり憑かれてからというもの、魔利には世の中のいろいろなものがいよいよ空漠《くうばく》として来た。といっても、そんな考えを思い浮べる前から、何かを明瞭《はっきり》と意識しない頭で、人との間の気持でも、どことなくぬけていたから、魔利を心の頼りにしようなぞと思う人は吹きぬけの部屋に入ったようなものだった。

そこへ妙な恐怖がとり憑き、とり憑いただけなら、魔利の頭の中のことだから、又いつとはなしに消えて無くなっていたかも知れないのだが、小説を書きながらこねくり廻したので考えが相当深部へ入った。戦争中だったから、それを手伝って魔利の頭の中は一層空々漠々としてしまった。毎日のように空襲があって、人間が、きのうまで明確に存在していた人もふと消え去って、消え去ったあとに透《すきとお》った空気の層を残すようになったし、街の建物は、どんなに大きく、明瞭に空間を占有して、存在していても、魔利の眼には今にも消えて無くなりそうな白い、透ったものに見えた。「実在」というものが、前からあまり感ぜられなかったのが、ますますたよりなくなって、色即是空になってしまった。

実は魔利が空漠なので、周囲のものや人間は、歴《れっき》とした実在である。今日か明日《あした》かに、土台から吹っ飛ばされて「無」となる運命の建物だろうと、今日の夕方には地上から消え去って、友だちや家族の眼に、空漠とした空間を残す運命にある人間だろうと、疑うべからざる、魔利にとっては愕くべきエキジスタンスなのだが、魔利はただただあたりのものや人間に稀薄《きはく》感を抱いた。魔利自身が稀薄なのである。妙な恐怖がとり憑いてから、それが魔利の頭の中ではっきりして来ただけであって、魔利は前から、空漠として周囲をみていたのである。世の中には、魔利にとっては愕くべく、又恐るべき実在があり、誠実があり、それを信じる人々が、あった。

魔利はどういうわけかものに本気になれないので、他人の眼からは非人情の限りのように見えて、ご本人はアッケラカンとして透っているのである。魔利は我輩に対しては、今までこんなことはなかったそうだが、実に誠意をもって、愛してくれているが、なんといっていいか分らないが、どこかが抜けている。魔利の息子も、魔利と同じの稀薄人間だが、頭が相当いいらしく大学も出て、教師をしているから、ふつうの実在人間に化けるのも容易であるから、なんとなく人々を化かしているが、このへやに足を入れたのが運のつきである。我輩の薄青い、ドゥロンよりも冷たいという、（むろん非情な我輩がそう見えるのが当然なのであるが）眼は、彼が魔利と同一種類の人間であることを見抜いた。魔利の方もこの頃は文筆で半分職業人となったので時々は化けるようになって来た。

魔利の奴は、相手によっては自分が透っている、へんな人間だということを、見破られたくないと思うらしい。相手が普通の女で、一寸した身の上相談的な話になってくると、いやに人情的で、しかも偉そうな、人生の達人みたいなことを言い始める。相手も一寸信頼して、透った肱掛椅子《ひじかけ》だともしらずに寄りかかるらしい。魔利はヒヤヒヤしてそれを眺めている、という珍風景である。全くの無教養な人種は別として、魔利をバカだと信じる人はこの「空漠」を、「バカ」と受けとるのである。実際妙な事柄であって、実在の方では空漠をバカだと思い、空漠の方では実在を怕《こわ》がっているのである。魔利が鳥尾花雄や、焼野雉三《しようのきじぞう》、羽崎七雄《うざきななお》、それら一群の小説家の頭を怖れることは大変なものである。

そんなわけだから、魔利には何も信ずるものがない。だから小説のテエマも、――フランス語を一寸齧《かじ》っている他は不完全な日本語しか知らない魔利も、テエマ位の英語は知っているらしい。魔利が英語で困っているのは、批評家たちが使う英語が、どれ一つ解らないことである、と魔利は言っているが、全くもの哀しい話である。もっとも魔利は言う。批評家諸兄の使用する英語は相談したわけでもないのだろうが、数も種類もきまっていて、全部で十五とはないのだから、或日一念発起して英和辞典を引くか、誰かにきくかすればなんということもなく解決する問題ではあるのだが、ものぐさ太郎の魔利にはそれがいつも考えるばかりで実行にうつすに至らないのである。悪口の時はともかく、ほめられた場合に解らないのは不都合で、不透明なガラスを間々に挟《はさ》んでほめられているようなのがなんとも悲観だそうだ。もっとも英語ばかり分っても、西欧の知らない作者の名や、むずかしい熟語や、言い廻しもあるから、ほめられた喜びを完全に満喫することは到底魔利如きには不可能なことである。魔利の好きな感動的な文章ではなかったが、どうやらすごくほめられたらしい高村松夫の批評も未《いま》だに解らないらしい――

現実性のあるものはすべて駄目である。市井の人間の真実や裏切り、悲哀、喜び。深い、実在性のある愛情や憎悪、も駄目。政治に関連したことがら、化学、科学、物理、哲学、偉大な思想。要するに人間社会にはっきりと存在しているものはテエマに出来ないのである。アクチュアリテも駄目である。

――アクチュアリテは、英語もフランス語も共通らしいが、明瞭《はっきり》とは意味が解らないらしい。魔利は解らない外国語もなんとなく解るんだそうで、便利な頭もあったものだ。人の小説も二三頁を斜め読みをして、もうその人の文学は解ったと、言っている。マリアは行きつけの喫茶店なぞで編輯者や、先輩の女流文学者と向い合って、そういう薄弱な根拠をもとにして文学論をぶっている。相手が若い女の子の場合はますますいい気になる。話下手で、社交的な会話は駄目だが、自分のすきな話になると表現が面白いので、若い女の子なぞは煙《けむ》に巻かれて感心し、眼をキラキラさせてくる。（アクチュアリテのあるのが書ければ、吉良野敬にはほめられるのだ）と、魔利は言っている。どうも批評家にほめられる小説と、ほめられない小説というものは解らなくて、それについて考えると頭がへんになるそうだ。魔利が書いた「貧乏物語」というのなぞは、面白く出来たとは思ったが、新聞批評の見出しに名が出るほどほめられるとは夢にも思わなかったのである。（その後は人からいろいろ言われて、或点では魔利のフィクションの小説よりいいということが解って来て、このごろはいくらか自慢にしているようだ）魔利が失敗したと思って、今でも悲観している小説は、甘い点をもらったが、これから先もこれ以上は、自分には書けないと思うのが出来て、胸をどきどきさせて新聞を明けてみると大したこともない。魔利は言う。

（勿論私《あたし》は批評家のどの人にも尊敬を払ってはいる。いずれも、私《あたし》が恐れながら漂っていて、いつ追い出されるか知れない、恐怖に充ちた文壇という世界で、各々腰に金色のペンの刀を提《ひっさ》げ、一騎当千といった様子で存在している面々だからだ。魔利には一冊も読みとおすことの出来ない小説の本を七万巻も読破し、文学について、文学者について、少くともすごい知識を持っているらしいからだ。それに彼らは割に少い原稿料を貰い、七万巻を読んで七万一巻を読まなかったために、外国文学を利用した小説を見破れなかったということにおいて、人々から切りつけられる運命に逢着《ほうちゃく》することもあるし、油断なく八方ににらみを利かせていた積りでも、金波銀波という恐しいコラムの中でやっつけられたり、揶揄《からか》われたりしなくてはならない。金波銀波は闇打ちだから彼らはチャンバラの主役役者のように、後《うしろ》に油断が出来ない。「晦日《みそか》に月の出る文壇も、闇があるから用心しろ」。周囲の同輩、先輩、作家、フランス文学者、たちは気味のよくない笑いを口辺に浮べて口々に叫んでいるのである。たとえほめられなくても、悪口を言われても、一言《ひとこと》も言われずに葬られても、私《あたし》は批評家に怒ることはしないのである）と。

魔利に怒られて愕く批評家なんて居るわけがないが、我輩は魔利の思い遣《や》りと善意に感心したが、批評家なんというものは魔利なぞに哀れまれなくてはならないような人たちではない。魔利の言う通り、鑢《やすり》と鑢《やすり》とが擦り合うような、厳しい文壇という世界の中で、ひるみもせずに存在を主張している強者《つわもの》たちだからだ。見て見給え。彼らはいつも笑っている。我輩の主人の魔利のように、人間の胸の中に住みこんだ一匹の小オニ（小鬼）に小突かれて、気息奄々《えんえん》となり、我輩の方も見ないで寝台《ベッド》に倒れこみ、枕につかまって、眼を空に据《す》えていたかと思うと、いつの間にか睡ってしまった、というような、気の毒にも又他愛のない人間ではない。——アクチュアリテから又横道に外《そ》れてしまったが、もとへ戻る。魔利には実在性のあるものはそういうわけで駄目だから、いきおい、時刻《とき》の飛び去る恐怖を消してくれるような、何か鋭い痛みのようなものを、書くということになる。陶酔と、疼痛《いたみ》のあるもの、つまり凄《すご》い恋愛、悪魔的な恋愛だそうだ。魔利は飛び去る時刻《とき》の音を聴きたくない、とか、その時刻を摑まえたいとかいうより、何ものをも、確《しっか》りとは把握《はあく》出来ない、自分の精神の稀薄性を、何か烈しい音のようなもので掻き消したいと、思っているようにも、見える。

ともかく精神が稀薄で、どこか陶酔《うっとり》しているから、料理店などで、例によって女の子を煙に巻きながら、安い料理をおごっている最中に入口の扉が明いて、もう一人の知人が入って来るのを見ると、死んだ人間が入って来たようにびっくりして、大きな眼を向けるので向うもびっくりする。魔利は「あ」と小さく叫んで後《のち》、ようようふつうになり、「ご一緒に如何《いかが》？」と、言うのである。

そんな魔利がこの秋の十月、

――魔利は九月だと思っているが、十月である。――

不思議な目に会った。或日電話がかかって来て、生れて初めての「飛行機の旅」と、「アメリカの人気俳優と写真を撮ること」この二つの大事件が突如として、魔利を襲ったのである。全く軽い、さりげない会話によって、それはアッという間に、決定した。当然のことである。向うでは日に何件となく扱う、軽い用件である。魔利は写真と旅行とが、命を奪《と》られる次に嫌いである。そこへもって来て、飛行機である。魔利が、自分が乗りさえしなければ、一生乗らずに済むと信じていた飛行機である。魔利は飛行機の墜落を心から怖れた。友だちに言うとどの友達も、笑った。だがそうかといって「絶対に落ちませんよ」とは、だれにも断言できないのである。何人かの友だちがまず、魔利が飛行機で飛び上り、チャキリスに会うということで笑い、ついで魔利を慰め、完全ではない、心細い保証を、魔利に与えた。魔利は帰って来て不平そうに呟いた。（解らないな、人のことだから笑ってるのかと思うと自分も平気で乗るらしい。どうもそこの間にギャップがある。私《あたし》なら真剣に慰めるがな）野原野枝実は電話を切り際に、「じゃあなるたけ落ちないでね」と言ったので、魔利も驚いた。私《あたし》が運転するんじゃあるまいし。野原野枝実は魔利の方が自分よりたよりなく、自分よりも変人だと信じて安心しているらしいが、ご本人も相当なものである。

発つ日の前日又電話がかかったが、なんとなく不安な魔利は「どなたかご一緒ですか」と確かめた。すると向うの返事がない。魔利の声は、水の底から聴えてくるような、聴きとりにくい声である。魔利はプルウストの声と同じだといって、自慢にしているが、誰にもよく聴えないのでは自慢の出来る声とは言えなかろう。返事がないので魔利はうろたえた。京都の飛行場へついたら、どっちへ向って歩き出したらいいのだろう。東京の、自分の家の近所も解らないのである。しばらくして「飛行場には社のものが行っています」という声がした。「どうして分るんですか」「社の車ですから分ります」と、先方は答えた。当日になると幸い、柳田健という人が車と一緒に来てくれた。

さて、魔利が羽田の広い待合室の外廊を、くたびれる程廻って、見渡すばかり広々とした飛行場に出ると、飛行機は銀色に光り、緑色の丸い窗の列を横腹につけていて、あまりに小さく、子供っぽく、たやすく落ちたり、壊れたりしそうである。銀の色も銀粉をぬった村芝居の刀身のように艶《つや》がない。魔利は萱平四郎に貰った、上等な皮の袋の中に、下着と、ホテル用のブラウスにスカアト、スウェータア、部屋用の新しいソックス、洗面道具、万年筆に鉛筆、原稿紙なぞを詰めこんで一杯に膨《ふく》らんだのを手に握りしめ、その中に乗り込んだ。何故乗り込んだかというと、乗り込まない訳にはいかなかったからである。魔利は死にたくなかったが、そこまで追い詰められては仕方がない。一寸した「研辰《とぎたつ》の討たれ」である。

（飛行機に乗ると今度はチャキリスのことが気になった。写真でみるチャキリスは凄い美貌で、いかにも気位が高そうだし、「ウェストサイド」の踊も直線的だが、街を歩いている写真なぞ、体が曲らない人のように見えるのだ。ところが会ってみると、柔軟で、素直な穏和《おとな》しい青年である。『ウェストサイド物語のチャキリス』という、魔利が怖れた人物ではなかった。衣装の、パイロットの作業服は青黒くて、けば立ったようにしおたれ、ドオランでココア色の顔の中の暗い水色の大きな眼。強行撮影で疲れたらしい、萎《な》えたような肩と膝の辺り。魔利はトタンに安心して喋り出したらしい。「どんな本が好きですか」、と魔利はきいた。魔利は階下の宣伝部みてで、チャキリスは暇さえあれば本を読んでいるから、何を読んでいるのか訊《き》いてみたらどうかと、言われていたのである。チャキリスが「キャッチャー・イン・ザ・ライ」だと答え、そうしてライ麦の説明をし出すと、魔利は慌ててそれを遮《さえぎ》り、「私はアガサ・クリスティーの『ポケットにライ麦を』というのを読んだから、どんなものか知っている」と得意になって、言った。

魔利は自分も好きな本を言おうと考え、「ヘンリイ・ジェエムス（英国作家？）の小説を映画化した『回転』というのを見たが、ヘンリイ・ジェエムスは家やお城に性格を与えて書くということを聞いたが、大きな家の中に悪魔がいて、面白かった」と言った。自分の小説の批評の中にヘンリイ・ジェエムスの名がひいてあったので、生れて初めて、この世にヘンリイ・ジェエムスという男がいたことや、今言ったジェエムスの特徴も知ったのだが、よく知りもしないことを素《もと》にして会話をこね出すのは魔利の得意とするところである。魔利は文章がもっともらしいので、こういうからくりが人には解らないのだ。

——「わたくしは鉛筆を持つと、なんだか怒ったようなものが玉のように登って来て、ひとりでに威張った文章になってしまうのでございます」と、或日魔利は甍平四郎に手紙で告げたことがある。甍平四郎は魔利の手紙から眼を離すと、ゴッホの「アルルの女」のような顔の顎を突き出し、小机に肱を突いて伏目をし、「なるほどな」という顔をしたが、忽《たちま》ち彼は自分の幻想の中に、沈みこんだ。もうそこには平四郎はいなくて、一匹の魚が眼ん玉を青ませ、ぬめりのあるつやを出した背鰭《せびれ》を小さな扇のように開いて、尾へ行って俄《にわ》かに細まる精悍《せいかん》な胴体を一つ捻《ひね》ると、紅い影のような金魚とからみあい、尖《とが》った尾を水面に残して、潜りこんだ。満々とした水に跳《おど》る、かながしらに似た魚である。――チャキリスはじめそこにいたアメリカの爺さん連を笑わせながら、魔利はとも角めでたく会見を終って東京へ帰ったが、例の実感がない人間のせいもあるが、あまりにあり得ない事件だったので魔利は、ぼんやりしている所を帯を摑んで大空に摘《つま》み上げられ、チャキリス会見を終るや再び宙吊りになって、もとの白雲荘の前に落されたような気が、未だにしているのである。魔利は江戸時代の、子供が神かくしにあう話や、半七捕物帳にあった、鷲《わし》に咥《くわ》えられてどこかの山の上に落された子供の話を、自分のチャキリス事件に引きくらべて、独り笑ったのである。

京都でみたアラン・ドゥロンの映画も、飛行機は厭だが、かねてそれだけは憧れていた機上の食事が、昼までに着陸したために出なかったのを、内心失望したところ、大阪に着くと、虎の門病院や薨家の告別式などの時に見た人がいて、超特大のビフテキをごちそうになったことも、国際京都ホテルの食事も、初めはこわごわ、二度目からはバチャバチャ浴びたホテルの入浴も、すべて、不確かな、信じられぬ夢となったのである。

その魔利の気分は、彼女が帰って来て寝台《ベッド》に腰をかけ、狐が落ちた人のような顔つきをした時、我輩にはよく解ったのだ。魔利は他人の家に泊ったり、旅行をすると、そこの鏡にうつる顔は自分の顔ではないから厭だと言っていて、帰った日の翌日は縁《ふち》のない果物屋の鏡に顔をうつし、自分の顔になっていそいそと外出した。うれしいらしくて、右頰の小さなぶつぶつが紅くなり、頰紅を刷《は》いたようになっている。窮屈な着物や帯をとって、自ら「洗たく婆さん」と称する気楽なスウェータアとブラウスになり、嬉々として出て行った。「洗たく婆さん」なぞと言ってはいるが、それは反語で、どうしてなかなか自惚《うぬぼ》れているのである。どこを押したら、あんな自惚れが出るのか、恐るべき自信である。隠したって鏡を見る顔を見れば、我輩の眼には一目瞭然である。少くとも魔利の十倍は綺麗な女の顔を、魔利は彼女の鏡の中に見出しているらしい。魔利に限らず、女の鏡の中の顔にたいする自己評価というものは殆ど瘋癲《ふうてん》に近いようである。全身黒く、ドゥロンより冷たい青い眼が耀《かがや》き、どの角度から見ても、撮影しても美麗な、我輩からみれば、哀れむにも価しない彼女の姿である。自分では雅《みやび》やかな女ひとのつもりだが、なるほど魔利がよく人に見せる十二三歳から十七八歳までの写真を見るとお姫様然としているが、この頃では乱暴女《じょ》学生で、現代女《をんな》大学生のような野原野枝実と好一対である。

野原野枝実が白川学院に講演に行くというので魔利が応援について行くと、五十代と三十代の二人の女学生が、どこか穴があったら隠れたいという風情《ふぜい》で、大きな体を身の置きどころもなく、くねらせるので、女子学生は興味津々《しんしん》で眺め入り、野原野枝実に向って鋭い質問を発した。魔利の欧外に於けるのと同じで、野原野枝実は野原洋之介のサンボリスムもなにも知らないので、女子学生の攻勢によろよろしている。男子でも女子でも文科の学生という人種は、人の父親の文学を人よりはるかに知悉《ちしつ》していて、折さえあればよび出して質問の矢を発しようと虎視眈々《こしたんたん》としている団体である。男子の方はいかれたのの数も女子より多いらしいし、文豪とか絶世の詩人とかいう人間の娘は大ていい婆さんだからか、あまり口をかけて来ない。女子、男子、教師も混りでよぶことはあるが、男子学生からはお座敷がかかることはまず、ない。

こんなことは言うが魔利としては女子学生の日に日にふえることを、切実に希《ねが》っている。白川学院を例にとっても、彼女らは魔利たちを興味津々で眺めはしたが、文学を学ぶだけあって、理解を持った好意の笑いであって、ひょっとしたらバカじゃあるまいか、と思って見るわけではないのである。近所の奥さんやアパルトマンの人々とは違うのである。もしかしたらバカじゃあるまいかという顔で見られる気持というものは、読者諸氏は幸福にしてご存じがないが、実際のところ大変なものである。魔利がいつもぶつぶついうのをきくと、巴里《パリ》では魔利は変人ではなかったそうだ。白痴の疑いをもって見られたこともないそうだ。巴里の下町の下宿の主人夫婦や、その養女、下女、下宿人の男女は所謂《いわゆる》一般の、俗な人間達である。それなのに魔利は、巴里では変人ではなかったのである。

大体牟礼《むれ》魔利《マリア》や野原野枝実は馬鹿かも知れないが愉快な人間なのである。日本では愉快な人間というものを解さない。人間は制服を着たように同じでなくてはいけなくて、又実に皆よく似ている。アパルトマンの主婦たちを見ると、頭の中も髪の縮れかたも、スカアトも、同じで、「お暑くなりました」「よく降ります」「寒くなると心細いわねえ」「お菜《な》が高いわねえ」「お宅じゃお餅黴《か》びない？」「もうお花が咲くわねえ」これが毎年毎年、一言半句も違わない。子供を見れば「可愛いわねえ」と言い、言われた方は「きかないんですよ」と、答える。それ以外の会話は染めものの話と、スウェータアの編み直しで、お菜《かず》については秘密主義である。声は背中が痒《かゆ》くなるような猫撫《ねこな》で声である。子供たちは、学校から持ってかえった話はおふくろとは無縁だから裏の空地で友だちと喋る。子供の会話には文学も科学もあるが、おふくろの会話の中は何もない上に一世紀ずれている。たった一人、魔利が「児童心理学」と渾名《あだな》をつけている、ＰＴＡがいて、集中豪雨が降ると出て来て、「これが科学の力で散って、方々に少しずつ降るっていうようなわけにいきませんかしらねえ」というので旭日《きよくじつ》新聞を見ると、季節風のところにその通り書いてある。「子供ってものは穴を見るとこの穴にこれが入るかしらって考えるものですのよ」といって、手洗いへ一升壜やこうもり傘を投げこんだ凸坊はお蔭で無罪になるのである。これが又口八丁手八丁で、煉炭の起し方から婦人雑誌式の料理の講義までロハで演説すると、おふくろ連は三三五五その部屋の前に突立って、口を明けて傾聴するので、道が通れなくなるのである。だれ一人として魔利の話などに耳を傾けるものはない。魔利が苦心惨憺《さんたん》で彼らの会話に調子を合わせても、どこか違っているし、魔利自身の話をすれば、子供の会話と、見られ、魔利が子供の時から見馴れ、怖れた冷笑が、彼らの顔にひろがる。

魔利は「あれは別の星の人間だ」と独り情なそうに呟き、友だちに会った時、その話をくり返し語ってはうっぷんを晴らすことにしている。白雲荘の中だけに於ては、魔利は先人の哀しみを味わっているわけだ。或日、魔利の部屋に甍平四郎が現れたことは前にも言ったが、その日魔利はミチ子という当時十三歳の親友に手伝ってもらって大掃除をやり、腰がぬける程柱から出窗《でまど》まで拭いた上に、平四郎がそこを歩くというので泥でジャリジャリの土間まで雑巾で拭いたが、寝台《ベッド》カヴァーが一日走り廻ってもないので、毛布の新品を買って来て掛けた。春の夕闇の中で見る夢幻の野原のような色で、緋毛氈《ひもうせん》に対して緑《みどり》毛氈とでも言いたい、綺麗なものである。魔利はうっかり一人の主婦を呼びとめ、「きれいでしょう？」と自慢をしたが、その主婦の曰《いわ》く「その人泊るの？」」。明いた口が塞《ふさ》がらないというのはこのことである。「あの人どこか頭が足りないんじゃないかしら。お掃除当番は忘れるしさ。お家賃は忘れるし。あれでお金の勘定出来んのかしら。あのネコ、いやねえ、真黒で。子供がこわがって困るわ」。これが魔利の居ない時の、彼女らの会話である。我輩が腹を立てたのは最後の一句である。我輩の美が感じられない程、かれらの頭には為体《えたい》の知れないもやが詰まっているらしい。我輩は屋根の上からかれらをにらみつけ、魔利の囁《ささや》きを、想い浮べた。

「トレジョリイ、モン・ビジュウ、ユヌ・ベル・ジャアブル・ノワアル、スウプル、フィーヌ……」（きれい、私《あたし》の宝石、きれいな、真黒な悪魔、くねくねしてて、とても上等……）

アパルトマンの主婦達の批評ほどではないが、稀《たま》に、熱に浮かされたようになって恋愛小説を書き、あとは寝言《ねごと》をならべた小説や、随筆を書き、——魔利は自分の書く寝言小説を、belles《ベル》 lettres《レツトウル》だと言って、威張ったことがある。「薔薇色《ばらいろ》の朝」というのを書いた時だ。そういう魔利は本場のフランスのbelles《ベル》 lettres《レツトウル》というものは見たことがない。belles《ベル》 lettres《レツトウル》という語感だけで、自分の小説をそれに当て嵌《は》めて、自惚れているのである。だが魔利は、自分の書く随筆がどんなに洒落《しやれ》た感じに出来上っても、かりにもエッセイとは言わない。昔、バルザックの、何だか分らない厚い本を買って来て、真中辺を明けて読むと、「Sucre」（砂糖）、「Tabac」（煙草）、「Caffé」（珈琲）、「L'eau de vie」（火酒）、「Alcool」（酒精）、の五項目に分けた、それぞれ短い文章があって、魔利はその時深く感にたえ、「これがエッセイというものだろう」と信じこんだのである。だから自分にはエッセイなんていう偉いものは到底書けないと、思っている。もっとも魔利の書く随筆は、「随筆」という名称には価しないのだそうだ。「随筆」というのは、一流の芸術家や学者、又は実業家なぞが、その深奥な考えや、知識の一端を、滾《こぼ》すようにして軽く書くものだ、と言っている。小説だけは、素人《しろうと》だし、夢を書かせて貰うのだけれども、小説とは辛うじて言えるのだそうだ。自分の場合は憑きものがしなくては書けないから、やさしいどころではないが、小説は一番やさしいのだと、言っている。これは昔だれかにきいて知っているのだが、詩というのは芸術の分類の中で小説より上なので、従って甍平四郎や野原洋之介は欧外より上なのだと、言っているが、これはめったに野原野枝実には言えない。又踊り出すからである。——

又は、チョコレエトの無茶喰いをしながら四十年前の巴里の知識やマルセル・プルウスト、ミケランジェロ・アントニオオニにも比すべき空漠の大思想をひけらかした短文を書き、その合い間にはさいころキャラメルを忽ち百円分なめたり、アルモンド・チョコレエトの百二十円の箱の中身が少いのを歎いたり、のらりくらりと暮している、抜け作の魔利である。或日、焦茶地へ木の葉模様の米琉《よねりゅう》に、サアモン・ピンクと水灰色の横縞縮緬《ちりめん》の帯を締め、見ちがえたようになって草履の音も淑《しと》やかに出て行った。

どこへ行ったのかと思うと「女流文学賞授賞式」に行ったのである。会場に着くと、傍へ行って話の出来る人が一人も居ないことに改めて、気づいた。朝から上《あが》り気味なので水谷梅子の存在を忘れている。受付に甍杏子との会合で顔を知っている春信美枝子がいたので地獄で仏の想いで傍へ行ったが、彼女とは受付で別れなくてはならない。ともかく署名をし、杏子《あんず》の花の徽章《きしょう》と記念品を貰って奥へ進むと、狭い廊下を距《へだ》てて両側に入口があり、右側の入口には「控室」と書いてある。（ここだろう）と、魔利は入って行った。どうも親類の結婚式の記憶が絡みついたらしい。立派な会場といえば結婚式以外に来たことがないのが、混乱の原因である。

細長い部屋には向い合わせに椅子が並んでいて、ぼつぼつ人間が掛けているが、まずこっちへ振り向いた神野《かみの》杏子の顔が眼に入った。神野杏子は「杏子の花」で受賞した、その日の一番のお客だし、はるかな先輩で、面識もあるとは言えないのだが、原田伊太郎の「灰色の頃」の出版記念会で偶然長椅子で隣りに坐り、親しく話して貰ったことがあるので近寄っていって、祝詞をのべると、神野杏子の隣りにいた久賀《くが》直太郎夫人が、こっち隣りの令嬢を除《ど》かせて、魔利を椅子に招じた。「こちらへどうぞ」。久賀夫人としては「ここは違います」というわけにもいかないのである。魔利は自分が間違った場所へ来ていることを知らないので、淑《しと》やかに椅子に掛け、辺りを見ると真前《まんまえ》に円谷澄子《つぶらやすみこ》、向う側の奥の方には、宗方黒鳥、こっち側の奥には吉良野敬が、静粛に控えている。やがて円谷澄子の横へ西林せい子、菅種子などが来て居流れたが男流作家、女流作家、批評家、の面々は勿論顔の上に笑い皺《じわ》一つ見せず、控えているので、魔利は定刻が来て会場へ導かれるまで主賓の隣りに坐って、円谷澄子、西林せい子などと会話を交え、とくに神野杏子とは、大いに話しこんだのである。

水谷梅子は魔利が神野杏子たちと一緒に会場に流れこんで来たのを見たが、まさか魔利が受賞者と選者の入る待合室に入っていたとは思わなかった。魔利は会場へ来て、受賞者以外の人がそこに集まっているのを見てもまだ気がつかないので、水谷梅子は遅れて来たのだろうと思い、春信美枝子はどこへ行っていたのだろう、手洗いにしては長過ぎる、と思った。魔利が水谷梅子と翌日珈琲《コオヒイ》店の「光月」で会って、神野杏子と話をしたと、得々として喋るまで、魔利の失敗は、エチケットを心得た女流作家や批評家たちによって、秘密に保たれていたのであるが、全く呆《あき》れるというより他《ほか》ない話である。ほんとうのところは一度訪問したことのある久賀夫人や円谷澄子、神野杏子位の他は魔利を知らないので、誰も魔利に注意を払ってはいなかったし、円谷澄子なぞは水野梅子を通じて、魔利の変人は知っていたから何ということもない。エチケットも親切もないのだが、なにはともあれ金を払って入場する場所ではないので無事にすんだことは魔利にとって倖《しあわせ》なことであった。

魔利自身首を捻《ひね》っている、魔利の頭脳組織というものを考えてみるのに、バカでも気違いでもないようだが、頭のどこかがぼんやりしていて、そのぼんやりした部分の組織が、多少鋭敏なところもある魔利の他の部分の組織を支配していて、魔利というもの全体を春の霞《かすみ》のようにかすませているようである。甍平四郎はじめ、魔利と親しくしている人間の意見は老いたる「少女」又は「子供」というのに一致している。

ところが去年の八月の或日、魔利の幼児性というものが、学問的に、或一人の心理学者、——或は精神医学者だったのかも知れないのである。社会心理学かな？　精神病理学かな？　他の文学者、詩人をも検査したところをみると、児童心理学者ではたしかあるまい。魔利は、貧弱きわまるその方面の知識を総動員して考えたが、不明であった。帰りの車の中で一つはそれをたしかめようとして魔利は魔利の尊敬する、過去の夫の友人、杉村達吉についてきいてみたが、その素晴しい心理学者の話に相手が乗って来たのに、自分も夢中になり、本末顚倒《てんとう》してしまって、ついにその片貝史文の身分は不明に終った。後になって、新聞に出たその学者の名の下のカッコの中を、一寸読んだのだが、忘却してしまった。——によって証明されるという事件が、起きた。

はじめ「国語研究」という雑誌の人が来て、ロオルシャハという学者の考えた方法を使って、魔利の作家論を書くのだと言い、検《しら》べられる仲間として円谷澄子他二三人の一流中の一流の文学者の名をあげたので、魔利は異様に思ったが、円谷澄子が「牟礼さんなんかやると面白いわよ」と言ったというのをきいて見当がついた。冗談からこまが出て、魔利が仲間に入ったのである。

当日指定の東日ホテルに行ったが、例によって、先方を侮辱したのではないのに一時間の遅刻をした。魔利は遅刻したことを何遍もあやまりながら、片貝史文という学者と向い合って席についたが、魔利の気分は最初から恐怖に満ちていた。何故なら東日ホテルの、魔利が導かれた部屋というのが、全く無音の世界である。物が落ちても音がなく、魔利の声も片貝史文の声も、アッというまにどこかへ吸いこまれるように、消えて無くなる。大分時間が経ってから、壁の中に防音装置がしてあるらしいことに魔利は気がついたが、すべての音が忽ちの内に吸いこまれるという状態は、魔利を脅迫した。まるで片貝史文の発する声も、魔利自身の声も音を喰う魚がいて、空気の中に出るや否や音もなく呑みこむかの如くである。頁を繰る音や鉛筆の落ちる音なぞは、初めから無いようなものである。音を喰う、眼の無い、口の大きな魚は、あらゆる所に出没して、音という音を呑みこんだ。魔利の声は、普通の所で喋っても、自分の耳にさえよくは入らないという声である。魔利は昔一度訪問した兼吉宗佐《かねよしむねさ》という音の研究（？）をする音楽の学者が言っていた、壁の中に仕掛ける防音装置のことを思い出した。なんでも兼吉宗佐の発明したその装置は、壁の中に特殊の海藻《かいそう》を詰めこむのだそうだったが、東日ホテルの壁はその海藻装置の発達したもので完全な防音がされているのだろう。魔利は最近国際京都ホテルの部屋に入って見て、このごろの立派なホテルは皆兼吉宗佐のひそみにならっていることを知り、これでは外国人たちは、街の騒音と、ホテル内の無音との間の音感の差に戸まどって神経の変調を来たすのではあるまいかと、心配した。

魔利は最近のヨオロッパを歩いて来た人を一人知っているが、魔利の歩いた時と同じに、道路を掘り返している所なぞないらしいし、街も静からしい。アラン・ドゥロンとロミイ・シュナイダアが泊っている伊太利《イタリア》のホテルをグラヴィアで見ても、こんな異様な無音の中で、彼等が恋愛場面を展開しているとは、どう考えても、空想出来ないのである。国際京都ホテルで魔利は独りそのへやに閉じこめられたが、部屋に入った瞬間、音無しの部屋だということに気づき、同行の柳田健という見知らぬ人に、一緒に入って貰いたいようになって、思わずまだ廊下に立っていた柳田健をふり返ったが、案内のボオイも、柳田健も、魔利の心境に気づく筈もなく、何でずんずん入って行かないのかと、妙な顔で立っていたのである。

隣りの音がしなくて静かなのも程度問題だが、その方はまああとしても、自分自身の立てる音が、忽ちあたりの壁だか絨氈《じゆうたん》だかに吸いこまれてしまう感覚というものは異様に儚《はかな》く、ただえさえはかない魔利の人生がいよいよたよりなくなり、うっかりして物を落す音の他はあまり大きな音は立てないたちの魔利は、自分が幽霊になったような気がしたのである。

又横道に来てしまったが、東日ホテルのロオルシャハ実験である。魔利は化物屋敷のような音の無い部屋に坐って片貝史文の手許《てもと》に見入った。片貝史文が鞄《かばん》の中から手品の如くに取り出し、次々に繰って見せるのは、魔利が前に東洋グラフで見たことのある胡桃《くるみ》を割って中身を溶かし去ったあとのような、異様な形をしたインクの染みである。魔利はたどたどしい言葉で、感想をのべたが、三枚目辺りからもじもじしはじめた。魔利にはどれもどれも、恐しい悪魔か魔女に見えるのである。たとえば二人の魔女が謀略がうまくいって、向きあって歓喜の踊を踊っている、二人の周辺では地獄の火が燃えている、といったような感想である。とうとう最後の一枚まで悪魔の感想はつづいた。片貝史文も、三枚目辺りからいささか愕いたらしい。

魔利は心の中で、生れ出てからこっち妙なめぐり合わせで、一寸どこにもないような不運に襲われつづけた自分の半生を考え、不断は頭の加減でのんびりしているが、その遠い昔からの恐怖が、この音の無い部屋に閉じこめられて、実験者と向い合ったトタンに、一時に流れ出したのにちがいないと、信じた。魔利は尚《なお》次々と悪魔の恐怖をのべ続けて、恐るべき無音の部屋から解放されたが、その実験の結果が先刻《さっき》言った、魔利の幼児性の証明だったのである。内向性だとか、常識があるとか（これは意外だったらしいが、魔利は、自分ではじめからあるつもりだったと、得意になってみなに喋っている。常識のある人間が授賞式のお客になって行ってい て、控室になんて入って行くものか）分析してあって、最後の「まとめ」が《幼児》なのである。片貝史文が、魔利の年齢で幼児なのは不思議であるとして、多少意識しているのではないかと附記しているのが魔利の気に入らなかったらしい。魔利は誰より子供と話が合うし、子供という人間を最も愛しているそうで、子供が残っているのは自慢なのだと、言っている。

自慢するのは勝手だが、我輩にいわせると、魔利の抜け作のところは、我輩に被害を及ぼさない限り、

――変な薬を飲んで急死されるのは困る――

面白いと思うが、自慢の（子供）が小説の中に顔を出しているのは困る。小説の中の子供らしさというのは魔利のフランス趣味である。フランス趣味というと魔利は怒るが、なるほどマリアの（フランス）はマリアの生来のものといってもいいので、マリアがフランスを好きになるより先に、マリアの中にフランスがあったのだと、言って言えないこともないのだが、

――吝《けち》で、人から何か貰うのはどんな詰らないものでも喜び、反対に人にやることは嫌いで、下らないものでも惜しがる。育った環境が悪くなかったから一通り、ものごとにはきれいで、いやしいことはしないが、根本には潔癖さはない。生れてから日本しか知らなかった魔利は、巴里について間もなく、周囲のフランス人の中に、同国人を見出した。日本特有の、小さな悪意を砂糖にくるんで、糖衣錠にしてぶつけ合っているような社交場裡《り》では社交性はないが、相手が外国人だったり、このごろになってマリアの周囲に現れて来た、個性を持った人間だと、マリアの様子は社交的だといってもいいほど、馬鹿馬鹿しく愉快である。感情が表面ばかり波立っていて軽薄で、悪気はないが腹の底はドライである。自分では夢

のような恋をしているが、恋はしていない女、という感じである。お洒落でくいしん坊で、花とチョコレエトが好きで、身持のよくない、マリアの階級からみれば唾棄《だき》すべき女たちの気持の中に入って行ってつき合うことが出来る。支那の裏町にも住める。マリアは日本人でも英吉利《イギリス》人でも、又ドイツ人でもないので、つまりはフランス人か、支那人に最も近い、一種の精神的混血児なのである。巴里の中にマリアを置く時、違和感は全くない。巴里の中にマリアを置いて見た、魔利の夫だった男はつくづくとマリアを眺めて言った。マリアはフランス人だ、と。——

それはともかくとして、魔利が二人のフランス人の映像《イメエジ》にとり憑かれて書いた小説は、それまでマリアが無意識の内に書きたがっていた「陶酔と痛み」というものがテエマの、マリアのいうところの「凄《すご》い恋愛小説」を、稚《おさな》いながらに開花させたと同時に、マリアの根にある、意外に根深い（フランス）を、堰《せき》を切った水のように溢《あふ》れさせてしまったのである。マリアはフランスの世界から脱け出したくなった。マリアを根本《ねもと》からゆすぶり、誘惑する、フランスの香《にお》いが、悪い女のように、マリアにつき纏ってくるのだと、マリアは言っている。

だがフランスもいいが、魔利のフランスは、困ったフランスである。本人がそう言っているのである。魔利の父親の欧外は、ヨオロッパというものをかなり知っていて、飜訳の文章や、ロダンと花子の小説なぞの場合ではヨオロッパの美に、和漢の美を混ぜこみ、本物のヨオロッパ以上に素晴しいヨオロッパを拵《こしら》えているのだからいい。欧外のヨオロッパには根拠があるが魔利のフランスには根拠がない。巴里に半年住み、一年間南ヨオロッパを駆け歩いただけで、ただフランス、フランスと言っているので、フランスの感じが解るのだと、自ら信じているだけだから、自信と内容との間に雲煙万里の空間がある。フランス文学者をつれてくるまでもない、仏文科の女子学生に突っこまれればマリアのフランスは直《す》ぐに、ぐらつく。ピラニアに襲われた牛よりも弱体なのである。

（私《あたし》はフランスについてなにも知らない。フランス文学も、知らない。私《あたし》のフランスは一つの「幻の楼閣」である。

だからといってそれでは、私《あたし》の持っているもので幻でないものはなんだろう？　私《あたし》の見ているもので幻でないものは、……私《あたし》は現実にはない、綺麗なものしか、ほんとうにあるものだ、とは思えないし、思いたくないのだもの。……）

魔利はやけになって、言った。

魔利の馬鹿さ加減について書いていれば永遠に文章に終りがない。本人も困っていることだし、今朝起った滑稽な事件を一つ書いて、この文章を終らせよう。

魔利はこのごろ舳徹治《みよしてつや》という詩人の催す勉強会に、野原野枝実と出席している。マリアには詩というものが小説よりも尚一層解らないが、敬愛していて、心の中の喜びや、胸の中の悲哀を解った気がし、死んだ後には、いよいよはっきりとそれらが自分の胸の中に落ちて来たのを感じている甍平四郎の面影が、まだ眼の中にあって、それは永遠にあるものと、思われるマリアの眼に、舳徹治は独特の風格のある人間を映し出したし、集まる人々のよむ俳句や文章についてのべる言葉がどれもよくて、魔利は眼を大きくして聴き入るのである。平四郎のような小柄で、いつも着物で、平四郎のにどこか似た羽織を着ている。見当のよくわからない三角眼《さんかくめ》を天井の辺につけ、「はい」「はい」と答えながら、ぽつりぽつりとものを言う。舳徹治は喧嘩《けんか》別れになっている平四郎に会いたいと言い、酔ってくると着物が開いて、着物と帯とでHの形になり、寿美蔵の縮屋《ちぢみや》新助《しんすけ》の幕切れのようになる帯を片手でひき上げひき上げ、

「平四郎にものを視る眼を教えられた。……だが僕は今でも自分が間違っているとは、思っていない……」

なぞと紅い顔になって、言うのである。

その舳徹治が芸術院賞を貰って、テレヴィに出るというので魔利はそれを見たく思ったが、テレヴィがないから野原野枝実の家に行くことになり、今朝は早く起きて出かけたが、慌てているので、行く先も確かめずに来たバスに乗った。

ふと気がつくと、いつもはその手前で終点の筈の陸橋の上をバスが渡っている。さらによく見ると橋を渡ったにしてはその先の景色が違っている。と、思う間に見知らぬ踏切りを渡った。車掌にきくと月林はもう通ったというので下りて、もと来た方へ歩きだしたが、（魔利は時間で出かける度に、自分が轢《ひ》かれて、夕刊に出る事故死の記事を想像しながら、首ばかり前へ出し、サンダルで石ころにつまずきつまずき、走るのである）行けども行けども橋がない。月林交番前、というバスの標識を発見した魔利は、月林の停留所が三つあるのを知った。魔利は野原野枝実の家に近い標識一つしか、月林の停留所というものを知らない。五十五分は見て来たのだが、乗り越して引きかえせば一《ひと》停留所歩いたってもう遅刻である。月林交番前の

標識のところに立っている女学生に、

「月林の大きな橋はどこでしょう?」

ときくと、女学生の青白い小さな顔には冷笑が薄《うっす》らと浮んだ切りである。(自分は腹の底がドライだが、それはどうすることも出来ない現象なのだ。わざわざ冷たい笑いを浮べるという人間の心理は私《あたし》には解らない)魔利は心の底から怒《いか》った。もう一人立っていた男が(陸橋ならここを真直ぐですがまだ大分ありますよ)と、言ったので気をとり直し、マリアは再びサンダルで小石をけとばしはじめた。足が胴についているところの蝶番《ちょうつがい》のようなところが出来が悪いらしく、マリアは三歳位のよちよち歩き以来、長年を通して歩行が下手である。だから二十《はたち》の時から転びそうに歩いているのに、歳とったからよろよろするのだと誰もが信じていて、「危い、危い」というのがマリアの痛憤に耐えぬところである。野原野枝実が危い、という度に怒《いか》っている。

ようよう陸橋が出て来たが陸橋が縦でなく横についている。つまりバスは魔利の知らぬ道を通って、橋のかかった土手に沿って、マリアを見知らぬ道へ運んでいたのである。やっと見当をつけて、歩き出したが、間に合うことはもう断念していた。

ところが不思議なことに野枝実の家に辿《たど》りつくと野枝実はまだ寝ていた。魔利の部屋の時計がきっかり一時間、進んでいたのである。

その日魔利は野原野枝実から、かねて約束の紺のオーヴァーを貰ったが、女学生の時のだというのでデパアトのぶら下りだと思っていたのに、注文品で、紺も魔利の好きな濃紺に近く、大きさもたっぷりしている。フランス人のマリアは狂喜して、早速それを着て帰ったが、帰る途々《みちみち》マリアの顔は、喜びにあふれていた。

(情《なさけ》は人の為ならず)

と、見当違いの俚諺《ことわざ》を心の中で言い、魔利は夢ケ岡の駅に向って元気に、歩いた。よく見れば若くはないのが解るが、一眼位見たのでは、若いのを通り越して小学生の顔の、頰のぶつぶつを紅くし、紺のオーヴァーの裾をひらひらさせて、けつまずきそうにしてせゝかゝかちに歩くマリアの様子は、まるで明日が降誕祭《クリスマス》で、おじさんとおばあさんから玩具《おもちゃ》とボンボンと、人形とを貰うことになっている七歳の女の児《こ》のような、締りのない、バゝカゝげた恰好である。どこから見ても「凄い恋愛小説」をお書きになり、二人の女の愛読者から作家扱いをされ、凄がられている、牟礼魔利《むれマリア》さんには見えない。

行き交う人々が、明らさまな軽蔑《けいべつ》の眼を向けて行くのを、今朝は怒《いか》る様子もなく、マリアは走るようにして、歩いた。

もり・まり（一九〇三～一九八七）作家

雲とトンガ

吉行理恵

　ドンドンという鈍い音が響いてきたとき、泥棒が入ったのだと思った。音は天井の片隅から聞こえてくるから、上の空部屋を歩いているのだと考えながら目を覚ました。

「あ」

　引き出しの中を、妹猫が覗き込んでいる。特別ずっしりした箪笥で、猫の力で開くとは考えられないことだった。七月に死んだ兄猫は、一番上の引き出しを寝場所にしていた。底に清潔なバスタオルを敷き、長身を横たえ、清潔なタオルをたたんだ枕に頭を載せて眠っていた。死んだあとで閉めたが、妹猫は、兄猫が隠れているのではないかと確めようとして、背が届かず、下から二段目を開けたらしい。私は引き出しを全部開けた。

「死んだのよ……」

脾臓の手術の直後に死んだ兄猫を抱いて、病院から戻り、兄猫が好んだ風通しのよい台所で、異常なほど好きだった花を飾り、ドビュッシイのピアノ曲をかけ通夜をした。遺体を見せたときの反応によっては、これから先一緒に暮らしてゆけなくなると考え、妹猫をそこに入れなかった。

九年前、捨てられていた六匹のきょうだいのうち、二匹を選んだ。妹猫はとりわけからだが小さくて、目の縁に膜が出ていたので、残してくるのは不憫だった。兄猫の毛はさらさらした手触りで、チャコールグレー。同じ色の服を着たいと思っても、あれほど美しいチャコールグレーの布は見あたらない。明け方の空のように淡い色だった。忽ち、兄猫のことばかり書くようになり、「猫以外のことを書いて下さい」と雑誌の編集の人に言われた。

物を書くと僅かばかりの原稿料を貰える。しかし、これでは生活できないから、洋装店を持っている母を頼っている。会社に勤めた経験はあるが、不眠症になり、神経がまいってしまった。

兄猫への私のうちこみようを素早く察し、妹猫は目立たなければと思ったらしい。外から戻った私の軀に駆けのぼってきた。

「キャ、痛い。猿みたいね」

それ以来、二度としなかった。また、私が和式の手洗いの戸を開けるや、妹猫が入ってきて、手をゆすぐ場所に跳び乗り、洋式トイレを使う方法で利用した。

「厭ね」

二度としなかったが、デパートで買ってきた猫用トイレも使わず、傍で用を足した。そのたびに私は金切り声をあげ、兄猫は、馬鹿者というように妹猫を追いはらい、実に真剣な表情で、不始末のまわりを爪で引っ掻いて掃除する仕草をした。

喧嘩をしかけるのは妹猫だった。ちょっとからかってみようという程度なのに、兄猫が本気になって怒りだすので、やれやれというように退散した。……「え、本当の兄妹なんですか。全然似ていませんね、雲チャンはきれいなのに」と驚いた人がいた。すると、妹猫は暗い目をし、椅子の下に隠れてしまった。

私が泣いていると、妹猫が鳴きながら近づいてきた。私と同じ声で「えーん」と鳴いている。私は諦めて眠ることにした。

「ほんとうにどこに行っちゃったんでしょうね」

という声を聞いて、目が覚めた。その声が妹猫の鳴き声に変っていった。

「あ」

また引き出しを開けていた。

「死んだのよ」

「いないよう、いないよう……」

以前、私は猫の言葉が分るような気がした。この三年余り、厚かましくて、鈍感で意地の悪い人間の出てくる短篇小説を夢中で書いているうちに、だんだん分らなくなった。兄猫が死んで二ヵ月目に重症のヘルペスにかかり、久しぶりに寝つき、一週間ちかくほとんど人と話していないせいか、急に分るようになった。電話が鳴っているとき、兄猫はいらいらした顔をし、電話機にかぶさるようにしたけれど、今は、電話機を古いレインコートと毛布で包み、風呂場に入れたので、音がほとんど聞こえてこない。

翌日、妹猫はなにも食べずに籐の揺り椅子の上で眠りつづけている。

「馬鹿力を出すからよ」

死ぬのかしら……。涙を流している自分に気付き、――あ、と胸の中で叫んだ。妹猫のために泣けるなんて思ってもみなかった。そのとき、妹猫はそっと目を開き、私を見た。

「ごめんなさい、わたしが悪かったわ、仲間外れにして、つらかったでしょう」

ほっとしたように目をつむる。


「ヘルペスが猫さんにうつったんじゃないかしら、この薬を口に入れてあげて」と、母の洋装店の客が届けてくれた漢方薬の小さな白い粒を妹猫の歯茎に塗る。

最近買った猫の医学書で、からだが弱ったときは牛レバーが良いと知り、肉屋に出掛けた。前に読んだ小説に、犬に食べさせるレバーをたびたび買いにゆき、老人なのに精力をつけるのかというように店員が好奇の目で見たと書いてあったので、注文するときためらう気持が混じった。中年の男の店員はニヤニヤしながら若い男の店員になにか言い、

「奥さま、どうぞ」

と、じっと私を見て、レバーを渡す。独身でも「奥さん」と呼ばれるのには馴れているが、「さま」がついたのははじめてだった。

漢方薬とレバーのおかげで妹猫は元気が出てきた。

「あ」

台所の窓辺に置いてある、電気按摩椅子の幅の広い肩にゆったりと坐り、外を眺めている。晩年、兄猫が好んだ場所だ。妹猫が居るのをはじめて見た。この九年間、妹猫は影の薄い存在だった。我慢することが多かった筈だ。そのとき、妹猫が振返った。

「ミアウ」

か細く優しい声だった。おそらくこんな鳴き方をしたのは初めてだったのだろう、私の顔めがけて唾が飛んできた。

「なにかお役に立ちましょうか」

と訊いているような気がしたから、私は頷く。

妹猫の生活はすっかり変った。ゆっくりと目を覚まし、少量の好物を時間をかけて食べる。なまりの煮つけ一皿を、なんと四十分以上かけて食べた。大抵腹八分目でやめて、ふいと姿を消し、物陰で眠るらしい、四、五時間後に爽やかな表情で現れる。

妹猫は幼いころから歯が悪かったので、兄猫が凄い勢いで食べ終え、隣の皿にまで顔をつっこんでくるのが不満だった。気に入らない食事だと抜いてしまうから、妹猫の皿に好物の鯵《あじ》だけ入れ、兄猫の皿には鯵を少量、あとは野菜を盛ったとき、妹猫はちらっと隣の皿の中を覗き、満足して食べはじめたが、兄猫は全く気付かず、自分の分を食べていた。去勢すると食べることにしか喜びがなくなるのだそうだ。兄猫はマッチまで舐めてしまい、私を震えあがらせた。朝早く、とっておきの波音のような鳴き方「うわあぁ」で起こしにきた。「うわあぁ」は猫語で「御飯にして」。人間にも「お腹がすいた」などと表現がいくつかあるように、妹猫は、「くるくるにゃーん」などと催促する。

コーヒーを飲み、電気按摩で肩こりをほぐし、漢方薬を舐める。この漢方薬は猫のヘルペス用につくって届けてくれた客が、私の症状などを聞いて、わざわざつくってきたもので、小さな粒を二、三粒飲むと、頭が冴える。妹猫は「うー」と言いながら部屋の中を歩きまわっている。長年聴いて擦り切れたドビュッシイのピアノ曲をかけると、古い長椅子の背にちょっと爪を立てたあと、うとうとしだす。このレコードが好きだった兄猫がステレオの前に陣取っていたとき、妹猫がどこにいたのか思いだせない。

「なかなかいい猫だわ」

妹猫を見て、独り言を言い、久しぶりに短篇小説を書きはじめる。午後、食欲はないけれど、初めて食べることにした。食べたあと頭が朦朧としてきて書く力が出なくなるが、コーヒーと漢方薬だけでは消えないほど疲れが溜まっている。「ちょっとかがせてね」と兄猫のからだにそっと鼻を寄せ、積ったばかりの雪のようにすこしだけ埃っぽい清潔な匂いをかぐと、疲れがとれるような気がした。妹猫の匂いをかごうとしたら、抜け毛が顔にくっついてしまった。優しい兄猫はすぐ妹猫のからだを舐めようとするので、やめさせた。抜け毛が胃に溜まり、毛球症になった猫がいた。

食事の仕度をしているあいだ、兄猫は傍に黙って坐り、ゴロゴロと低く咽喉を鳴らしていた。その音を聴くと、不思議なくらい静かな気持を取り戻すことができた。けっして離れたくなかったのに……。幸せだった、と心の底で思いだす。傍で妹猫が咽喉を鳴らしているけれど、ぜいぜいと濁った音が混じる。

目玉焼が出来た。妹猫に黄身をすこし、私は白身、残りは野良猫一家の分だ。兄猫は白身が好きだったが、黄身も食べた。妹猫は皿から出して食べている。

「雲はお皿の中だけで食べたわよ、お皿を両手で押さえていたじゃない……」

と小さな声で言う。妹猫は皿の中だけで食べることにした。

兄猫は何年かかっても一つの事をやりとげる性格だった。上の部屋の住人が水を出しっぱなしにするたびに、一時間ちかく私の部屋にざーざー落ちてきて、洗面器、バケツ、盥《たらい》など部屋中に並べなければならなかった。四度水びたしにされ、とうとう水漏れの夢を見てしまった。兄猫はじっと天井を見上げているようになった。そして、水が落ちてこないうちに、珍しく嗄《しわが》れ声で知らせにくるのだった。すると、一分も経たないうちに水漏れがはじまったが、大事はまぬがれた。

夕方になると、ときどき妹猫は戸口に駆け出してゆく。兄猫が帰ってきたのかしら、と思っているらしい。死んだのよ、と私は胸の中で呟く。夜、ポリバケツを持って外に出るとき、とっておいた黄身と削り節をまぶした御飯を持ってゆく。待っていた大きな茶色の猫が明るい声で鳴く。食べ物を置いて歩き出し、そっと振り返った。茶色の猫の妻と子も食事を囲んでいる。

この一家と知り合ったのは兄猫が死んで間もなくだった。ある夜、ポリバケツを持って外に出ると大きな猫が私に向かって鳴いた。——雲と似た声だわ！　茶色だけどグレーに見えなくもない。久しぶりに明るい気持を取り戻した。

「これで、グレーだったらいいのにね……。待ってて、なにか食べ物を持ってくるわ」

と猫に言い、部屋に戻ったが、そうめんと削り節がすこしあるだけ。そうめんを茹でて、上に削り節を乗せ、時間がかかったから、もう居ないかもしれない、と出てゆくと、待っていた。

「いらっしゃい」

鳴くばかりで、近づいてこなかった。野良猫は触らせないと聞いた。

「またね」

と部屋に戻った。

次の日、食べ物と、野良猫は水をどこで飲むのだろうと気になっていたから、空瓶に水を入れて外に出た。すると、隣家の主婦と子供に会った。

「あの猫なら、割れた窓ガラスから入ってきて、泥棒するわよ」

と、主婦が言った。

「誰にでもニャンニャン鳴くわよ。奥さんも同じ色なのに、子供は黒いの。奥さんいまもお腹が大きいわよ」

と、子供が言った。それ以来、飼うのは諦め、食事をあげている。

私が棲んでいる五階建エレベーター無しの、細いビルの住人たちが寝静まってから戸を開けると、妹猫は兄猫が好きだった屋上や、階下に探しにゆく。

私は肩こりがひどいため、一日に何度か電気按摩椅子に坐る。すると、「なに」というように妹猫が近づいてくる。

「なぜなの?」

「なに?」

私と妹猫は見詰め合う。

「あ」

電気按摩椅子が、トントンと音を立てている。

「トンちゃん（妹猫の愛称）、自分のことだと思ったのね」

妹猫は片目をつぶる。すると、光の弱い星のようにチカッと輝いた……。書き物などしていて、ふと視線を感じ、顔を上げると、高い所や暗い場所から、兄猫の月のような目が私を眺めていた。目を細めると三日月みたいだった。

「トンガ（妹猫の名前）は利口ね」

と話しかける。妹猫はからだを揺すっている。ムシルが書いた魅力的な娘トンカに因《ちな》んで、これからはトンカと呼ぼうかと思う。

チャコールグレーの兄猫の名前は、雲とすぐきまったが、妹猫のほうはつきにくかった。兄猫は猫としては面長だった。妹猫は下ぶくれで、額から目のまわりにある、からだと同じ黒い毛が、顔を暗い感じにしている。兄猫の鼻先は桃色で可愛かった。妹猫の口のまわりは、食べ物で汚したみたいに茶色。そのうえ、先の折れた薄茶色の牙が二本見えている。ただ、兄猫のお腹には吹き出物があったけれど、妹猫はきれいな薄いレンガ色で綿毛のように柔かそうだ……。しばらく名前をつけないままにしておいたが、大きな目がとんぼの羽の色をおもわせるから、当時読んでいた『蜻蛉《かげろう》日記』に因んで蜻蛉《とんぼ》にした。しかし、犬猫病院のカルテに記入するとき、蜻蛉《とんぼ》ではきれいすぎると急に恥しくなり、トンボと書いた。不妊手術後、ぶよぶよ太ってしまい、トンボもおかしいと思いはじめた。ちょうど、廃業したトンガ国の相撲取りが、淋しく帰国するニュースが流れていたので、トンガと改名した。一年中抜け毛だらけのからだにブラシをかけると、抜け毛が飛んできて、こちらまで汚れてしまいそうになる。黒いからだなのに、灰色の抜け毛が大人のこぶしくらい出るから、タドンと呼んだ時期もあった。

兄猫が居なくなり、日が経つにつれて、部屋の中に漂っていた悪臭が消えていく。最初のうちは、妹猫が猫用トイレ以外で用を足さなくなったからだと考えたが、兄猫の排泄物が臭っていたようにおもえてきた。積ったばかりの雪のようにすこしだけ埃っぽい清潔な匂いの毛だったけれど、どんどん脾臓が悪くなっていたのだ。

九年前、母の洋装店の古くからの客で、女子ばかりの大学で英語を教えている、日米の混血サンディさんから「可愛い仔猫を拾いました、一匹いかがですか」と電話がかかったとき、ビルに引越したばかりだったので、こんなところで飼えるか不安だった。サンディさんが棲んでいた寮の玄関に、たびたび外国の猫の血が混じった仔猫を捨てる人がおり、サンディさんは貰い手を探し、残った猫にはお金と鰹節を添えて、動物愛護協会に引き取ってもらうという話だった。

「可愛いグレーの猫がいるんですって。見るだけでもいいからゆきましょう」

と、母が私を誘った。

チャコールグレーの仔猫は私が持っていった籠に入ってみた。黒っぽい仔猫は、挨拶に出てきたサンディさんの犬に息を吹いた。残りの仔猫たちはなにもしなかった。サンディさんの友だちは目立った二匹のからだをそっと調べ、「両方とも牝よ」と言った。ビルで暮らしはじめて間もなく、大きさに差がありすぎるし、一匹があまり活発なので、もしや、と疑っていたら、下腹部を舐めているのを見て、はっとした。

兄猫が本箱の上からどしんとおりてくる音が響くたび、すさのおのみことが、ドッシ、ドッシと歩く様子を連想して苦笑したが、ある夜、眠っている私の顔の上にとびおりてきたため、血だらけになってしまった。家主にビルの階段で呼びとめられ顔の傷について訊ねられたとき、うっかり本当のことを話した。

「動物を飼うのは違反なのに、お母さんに頼まれたから、特別に許したけど、二匹は無理ですよ、一匹にして下さい」

と家主は言った。

「でも……」

「今さらと言うのなら、すぐ去勢して下さい」

まだ去勢は早すぎるので、ほうっておいたら、家主が訪ねてきた。運悪く、二匹は暴れまわっていた。

「今すぐ病院へ！」

と恐い目をした。トンガから先に、と思い、いえ、からだが大きい方から、と打ち消した。親子と間違えられるほど差があった。泣きそうになりながら兄猫を入院させ戻ってくると、妹猫は私の膝の上にべったり乗り、飴のような甘えた目で見上げた。——気持が悪い、思わず膝から落とした。それからしばらく経ち、妹猫は悩ましい声で鳴くようになったが、兄猫はぽかんとしていた。すると、妹猫は私にからだをこすりつけてきた。

「不潔ね」

不妊手術をしたあとも、しばらくベランダから外に向かって嗄れた声で鳴きつづけた。

「出ていってもいいのよ、でも、くだらない男しか相手にしてくれないと思うわ」と言い、私の一歳の誕生日に急死した父を懐しんだとき、再婚した母が、「お父さんが生きてたってお姉さんしか可愛がらないわよ」と言った声にそっくりだったと気付いた。姉は美しく、私は醜い。

サンディさんがグレーの猫の縫いぐるみを見付けたと届けにきた。サンディさんは華奢な娘だったそうだが、いまはよく太ってモダンで可愛い感じのお婆さんになっている。包みを開けると、中からシャム猫の縫いぐるみが出てきた。

「雲ちゃんに似ているでしょう」

「は、はい……」

「ね、このへんグレーでしょう」

と、薄茶の額を指す。

「は……」

「これ、変った猫ね」

犬好きなので、シャム猫を知らないらしい。

「トンガちゃん、お姉さんを亡くして可哀相ね」

お姉さんって雲のことかしら、牡だったのに……。

「まだ、雲ちゃんを探す？」

「ええ、前ほどじゃありませんけど」

「そう、猫は犬とちがって遠吠えができないから可哀相ね」

と鼻をくしゅんとする。サンディさんは朝晩犬を散歩させていたが、凍った路でころんで入院したとき、友だちに犬の世話を頼んだ。そのあと、サンディさんは白内障の手術をすることになった。犬は年をとって呆けたし、自分ほど細々《こまごま》世話をする人はいないから、入院する前に犬を安楽死させたのだった。

犬が居なくなり、寮からマンションに引越す迄の期間、雀に餌をあげていたが、だんだん数が多くなり米代がかかるから、雀用に徳用米を買ってこなければならなかった。

「雲ちゃんのお骨、まだある？」

「ええ、わたしが死んだら、もう一度一緒に焼きなおしてもらえば、同じお墓に入れるでしょう」

「わたしもそうするわ」

と度の強い眼鏡をはずし、涙を拭く。

「近所に野良犬がいて鳴いてばかりいて可哀相だから、大学病院に電話をかけて、眠らせてあげたのよ」

と、赤と紺の横縞のポロシャツを颯爽と着こなしたサンディさんが笑っている。目が悪いため足がふらつくサンディさんをタクシーまでささえてゆく。

兄猫のお骨の傍に飾った写真に話しかけた。

「影だけになっちゃったのね」

妹猫がそわそわした足取りで近づいてきてどこにいるのかしら、というようにあたりを見回す……。

同じビルの別の階に棲んでいる、母が訪ねてきた。

「サンディさんが見えて、生徒さんの家で生まれた仔猫が、一匹グレーなので、あなたのことを話したんですって。そんなに可愛がってくれる人にならあげてもいいって言ったから、お乳をのまなくなったら見にゆきましょうとおっしゃったわよ、どうする?」

とニコニコしている。

「困るわ……」

「見るだけでもいいから、ゆきましょう」

「考えさせてよ……」

もし、性格が悪かったらどうしよう……でも、雲と同じ色なんて珍しい、やっぱり見にゆこうか、見てから感じがちがうと断ったら悪いかしら、と悩みつづけた。

一週間後、母が電話をかけてきた。

「グレーじゃなくて白だったんですって。サンディさん、慌てんぼだからと言って謝っていらしたわ」

やっぱり雲と血の繋がった猫と暮らすほうがいい、雲を知っている共通の歴史がある、たとえ雲に似ていても、雲のことをなんにも知らない猫とうまくやってゆける筈がない、と思う。

「繊細で、威厳があって、無邪気、意地の悪いところがまるでなかったわね」

妹猫は優しい目を向けている。

「ほんとうにいい猫だった……」

私が暮らしている付近はどんどんビルがふえてゆく。一週間ほど前から夜間工事をしており、午前五時ごろからの三時間ほどしか静かなときがない。寝そびれてしまい、明け方屋上に上ってゆく。妹猫はぴんと尻尾を立てて私を追い越し、振り返って、「うわああ」と鳴く。――懐しい声、雲がよくこう鳴いた……。二匹を近所の空地で遊ばせようとしたが腰が抜けてしまったように這って歩いた。それ以来、屋上が遊び場だった。兄猫が先頭、私、妹猫の順に上った。ときには、妹猫だけ階段の途中でだみ声で鳴いていた。

兄猫が屋上のコンクリートの囲いの上に乗って、ぼやーとあたりを見ていたとき、なにげないふりをして近づいて下してから、「駄目じゃないのよ」と叱ると、恐縮して照れていた。――緑のある場所で生活していたら、きっと冒険をし、もっと早死したかもしれない。でも、あんな死に方よりよかった！　去勢した猫は脾臓が悪くなりやすいと猫の医学書に書いてあった。

完成したての立派なビルがすぐ傍に聳えている。大きな窓ガラスには空の雲が映っている。去年の五月ごろ、そこにあった小さなビルを壊したとき、毎日々々、歯を削る器械と同じ種類でもっと凄い音が響いてきた。兄猫は昼間は本棚の中に避難することにしたので、本を出して場所を作った。私は十代と二十代の半ばまで歯科医にゆき、歯を削られると必ず貧血を起こし、卒倒した。三十代になり、よい医者に会い、卒倒しなくなったが、その音には勝てず、神経が参ってしまった。それから二ヵ月後に兄猫は死んだ。

避雷針にとまった尾の長い茶色い鳥が、「ジーイ」と囀《さえず》っている。兄猫が死んだ日は鴉が特別に喧《やかま》しかった。近所に一軒、庭に見事な花々を咲かせる家があったが、今はビルに変りつつある。その庭に聳えていた桐の木を伐ったため、鴉が集まらなくなったのだろうか。妹猫は寝ころんだまま、唇を震わせている。とうとう明るい声を出したので、尾の長い茶色い鳥が飛び立った。兄猫は陽気に鳴いて鳥を逃がす名人だった。そのころは黙って狙っていた妹猫は、ふん、つまんないというような顔をした。部屋の中に雀が飛び込んでくると素早くくわえて駆け出し、兄猫は後ろからついてまわった。庭のある家に棲んでいる猫好きのなかには、去勢して可愛い顔にしちゃうとけなす人がいるけれど、妹猫は不妊手術したあとも、山猫みたいだと人から言われた。――トンガ、変ったわ。前は悪口を言っているんじゃないかというように耳の穴だけこちらに向けたりして感じが悪かった。そういえば、わたしが傍を通るたび、からだをぴくっとさせた。毎夜、魘《うな》されるのもぴたりととまった。

近所のアパートの傍に、ライトバンが停まり、新鮮な野菜や果物を安く売っている。

「全部で幾ら？」

パン屋の老婆が痩せた中年の八百屋に訊いた。

「千四百円でいいよ」

「千円置くわ」

と、パン屋は嗄れた大きな声を出し、帰ってゆく。私の足を下駄で踏んだのに謝らなかった。

「これで八百円なんて高いわね、五百円にしてよ」

ロングスカートをはいた太った主婦が大きなスイカを抱えている。

「いくらなんでもひどい、まだはしりだから二千円以上するんだよ」

八百屋は目をしょぼしょぼさせた。若い娘が大きなビニール袋に自分で詰めた野菜をちらっと見せ、

「お金置くわよ」

と帰りかける。

「ちょっと待って、計算するから」

ソロバンを弾きながら、ふーっと溜息をつく。バナナを手に取って眺めまわしているのは、民芸品屋の女主人だ。私はこの間、民芸品屋のショー・ウインドー越しに、品物を見ていて、「他のお客さんの邪魔になりますから、見るだけなら立止まらないで下さい」と叱られた。

「奥さん、スイカ買わない?」

八百屋が私にすすめた。

「五百円札しか持ってないんです」

「お金なんていらないよ」

とふざける。

トマト、ほうれん草、胡瓜を三百円分買うことにし、五百円札を出すと、八百屋はちらっと見て、百円おつりをよこした。どうしよう……、思い切って言わなければ……。

「おつり二百円でしょう」

「あ、間違えた、フフ」

わざとらしい声を出す。

そこから一分程歩くと、稲荷がある。薄いグレーの猫が赤い鳥居を潜ってゆく。

「あ」

と呟く。猫が振り向き、戻ってきて、私の足もとに寝ころび、人懐っこい表情で見上げている。——雲の再来！　思わず抱き上げ、匂いをかいだ。

「ちがう、ちがう」

とほうり出す、ばさっと音を立てて地面に落ちた猫は、まだ足もとに擦り寄ってくる。

「色がちがう、匂いがちがう、手触りがちがう」

と流行歌の替え歌を調子ぱずれに歌いながら部屋に戻り、

「雲！」

写真に駆け寄ってゆく。

「馬鹿猫だったのよ、危い危い」

不満そうに私を見ている妹猫に、

「太田さんみたいになりかかって、馬鹿女でしょう」

と話しかける。すると、目をそらせる……。姉の友だちの太田は愛妻を亡くし、もう一生結婚しないとうちひしがれていたが、半年も経たないうちに、「今度、この人と結婚するの、チャー（妻の愛称）にそっくりだろう」とニコニコしていた。

「似ても似つかないのに呆れたわ」と姉が怒っていた。

「ああ、雲に会いたいわ……」

妹猫はまた私を見ているけれど、耳だけ背後の戸口の方に向けている。

「屋上にゆきましょう」

と誘うが、ついてこない。

　午前四時過ぎに胃が痛くて目が覚めた。そのあと二時間以上痛みつづけている。今日は苦手な人に会わなければならないから、神経胃炎を起こしたらしい。電話に物をかぶせるのをよしたが、鳴っていても出ないときがあったのに、偶々《たまたま》出て、会うはめになった。

「おかしな声が飛び出すかもしれないわ……。あまり喋らないほうが利口に見えるわね。分ってて、自分でうんざりしてるのに、とりとめのないことを喋りつづけたらどうしよう……」

　と独り言を言いながら、兄猫の写真の前に坐ると、四角い顔をこちらに向けている。あら、もっと細っそりした顔だと思っていたけど……。以前、兄猫を見て、「田舎のオッサンみたい」と言った女性の目を疑ったが、五キロも体重があったし、手足も太くて大きく、鼻の穴も大きかった。鼻の穴が大きいと長生きすると聞いたけれど、猫は人間とちがうらしい。

　妹猫がそわそわした足取りで現れ、やっぱり居ない、というような表情をする。人と会う前に、試験のときなどにあがらない漢方薬を多めに服用した。戻ってくると、曇り硝子戸越しに妹猫が映っている。「ニャーン」と優しく迎える。以前、出迎えは兄猫の役目で、妹猫はだいぶ経ってからのそのそ出てきた。

「まあまあだったわ」

と報告する。しかし、それから三日間、悪性の下痢が続き、食べ物は見るのも厭になった。——来年は四十なのに、こんな脆《もろ》くてはなさけない。精神を鍛えなければ、と心から思う。


——雲は、緩くなった冷蔵庫の蓋を開けて物を食べていた。紙袋の上や中で眠るのが好きだったけど、手で持つ紐の部分に首を引っかけるので、慌てた。入口の戸にからだを挟んだときは身が縮む思いをした。外出しても、針箱を出しっぱなしにしてきたような気がしたりして、針を飲んだらどうしようなどと気が安まらなかった。いまは妙にしーんとしている、トンガのほうがらくでいい、と思う。そのとき、お骨の傍で眠っていた妹猫が、「ニャアニ?」と私を見る。

布団に入り、テレビをつけると、眼鏡をかけた愛嬌のある映画批評家が、これから始まる映画の解説をしている。

兄猫が寝台の上にとび乗ってきた。——変ね、前は、ここでは寝なかったのに。

あ、死んでなかったんだわ！　じゃ、お骨になったのは？　テレビから声が聞こえてくるから夢ではないみたいだけど……。画面が見えなかったので、夢だと分った。兄猫は身体が重かったせいか、コトコト、シャバシャバ、サラサラなどと足音を立てたが、夢だから足音が聞こえない。兄猫がすたすたと歩きまわり、下りてゆき、目が覚めた。さっきの映画批評家が、「それでは次週をお楽しみ下さい。サヨナラ、サヨナラ、サヨナラ」と言っている。とても短い時間におもえたが、放映中二時間ちかく眠っていたのだ。

「いい猫だった……」

「まあ」

と、妹猫が鳴く。

「三回鳴らして一度きり、また鳴らしたら出ます」と手紙に書いて出したので、姉の先輩で親しくしていたMの未亡人が電話をかけてきた。

「今日はおとうさんの日ですね、思いだしていたのよ」

と私が言うと、嬉しそうな声を出した。

「泊りがけで遊びにきて下さい。気をつかわないで」

月はちがうけれど、兄猫が死んだ日が十二日、Mは十一日で一日ちがいだから、忘れない。未亡人は、毎月十一日を、おとうさんの日と言っている。

去年、七十八歳でMが死んだ後、未亡人は娘の嫁ぎ先の甲府で暮らすようになったが、東京にいたころ、私は姉に誘われ、大晦日にMの家にゆく習慣がついた。Mは日本にロシアンダンスを入れた人で、紅白歌合戦に四人組の歌手が出て歌い踊ると、

「このアクションはわたしがやったのと同じだ」

と言って、よろめきながら一緒に踊り、

「おとうさんもまだ大丈夫だ」

と威張った。そこに集まった人たちはいつの間にか、おとうさん、おかあさんと呼ぶようになった。

甲府を訪れたとき、その家には仏壇がなく、彫りの深いMの写真の前に、新鮮な花、Mが好きだったモスグリンの蠟燭、デミタスカップのコーヒーが供えてあった。

「庭の草取りをしていると、横の窓から『なにいつまでもしてる』と、おとうさん

が叱ったのよ。おとうさんはわたしが日に焼けるのが厭なんですって」

と茶色い皺だらけの可愛い顔の未亡人が言った。


机に向かい、人間のことを書きはじめたとたんに鬱屈してしまった。些細な意地悪まで生々しく甦ってきて、先に進まない。夜間工事が終ったので、外に出た。いまはまだ空色が澄んでいる。堀の草むらに、夾竹桃が咲いている。蝶結びのような変った尻尾の猫が歩いている。

「空気の良いうちに出歩くのですか」

と声をかける。

空家の庭に月見草がたくさん咲いている。人家の庇に猫が三匹集まっている。白黒、精悍な感じの斑《ぶち》、ゴテゴテのリボンをつけた醜い猫。白黒の猫は兄猫より小さいが、上品で愛嬌があり、あどけない表情がそっくりだ。そっと私を見ている。

――自由に出歩けて幸せね、さようなら、と口の中で呟き、歩き出す。振り返ると、優しい目で見送っている。あとの二匹は一度も私に目を向けなかった。

夕方、妹猫は戸口へ駆け出してゆく。サラサラという兄猫の足音を私も聴いたような気がする……。夜、窓辺の電気按摩椅子に坐った。――ほんとうにいい猫だった、と思う。電気按摩椅子の肩に坐っている、妹猫の影が、部屋の中の白い壁に映り、兄猫ほどの大きさに見える。

よしゆき・りえ（一九三九～二〇〇六）詩人・作家

猫のうた／愛猫

室生犀星

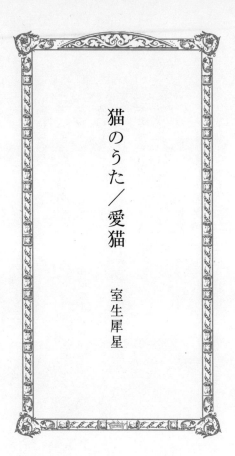

猫のうた

猫は時計のかはりになりますか。
それだのに
どこの家にも猫がゐて
ぶらぶらあしをよごしてあそんでゐる。
猫の性質は
人間の性質をみることがうまくて
やさしい人についてまはる、
きびしい人にはつかない、
いつもねむつてゐながら
はんぶん眼《め》をひらいて人を見てゐる。
どこの家にも一ぴきゐるが、
猫は時計のかはりになりますか。

愛猫

抱かれてねむり落ちしは
なやめる猫のひるすぎ。
ややありて金のひとみをひらき
ものうげに散りゆくものを映したり。
葉のおもてにはひかりなく
おうしいつくし、法師蟬、
気みぢかに啼き立つる賑はしさも
はたとばかりに止みたり。
抱ける猫をそと置けば
なやみに堪えずふところにかへりて
いとも静かに又眠りゆく。

むろう・さいせい（一八八九～一九六二）詩人・小説家

猫と婆さん

佐藤春夫

猫は数年前、息子がまだ大学に在学中、毎土曜日、定期的に通って十二時まで飲む飲み屋で、早春の一夜、なじみの女の子から帰りがけに外套のポケットに入れられたのを、途中で捨てもせず、そのまま大事に持って帰って来た雄の虎猫であった。母乳をはなれてはまだ育たぬかも知れないほどの小さな奴であった。無雑作にチビと名づけて飼って置いたのが、日々に無事に育って、チビという名がふさわしくないほど大きくなったのでデカチビと呼び改めるようになった。

デカチビはただのチビ時代から、まことに聡明な奴で、運ばれて来ると、その夜はいきなり冷蔵庫の下へもぐり込んでその翌日も一日中家の様子を見ていたらしいが、二日目の朝、近所にいる身内の娘が台所口から声をかけて入って来たのを聞きつけると、それをしおに出て来てその足もとにすり寄った。前にいた飲み屋で女の子には親しんでいたからでもあったろうか。幸に身内の娘もその家に猫がいて猫は好きであったから、この子猫を珍しがって、台所にあった牛乳を与えたりしたので、やっと冷蔵庫の下のかくれがを出て追々と人になつくようになった。下性《げしょう》のいい奴で大小便には必ず外に出て甚だ始末がいい。

すこし大きくなると雄猫だのに鼠を取り出して二年あまりの間には、今までは時々見かけたねずみの影も姿も見なくなった。デカチビは洋間の重い扉でも何でもただ締めて置く限りは自由自在に明けた。爪をひっかける手ごろの場所を見つけておぼえているからである。さすがに出る時に締めては行かなかった。もし締めて出ればこわいようなものに思えた。

毛の色つやもよく、よく太った丸顔で、動作も機敏に、栗の実などを投げ与えると板の間の上をどこまでも、ガラガラと追っかける姿など愛らしかった。

そのうち外に出歩くようになって、三四日も時には一週間も帰らない日があり、帰ってもまたすぐ出て行く。帰るとすぐさま台所の自分の皿のあるところへ飛び込むのである。帰ったまま出て行かないのを見ると、どこかに怪我をしている。

「こいつわが家を、食堂か病院と間違えていやがる」

と叱りながらも、

恋猫の面やつれして帰りける

などと主人は、ますますこのデカチビを愛して、その頭を撫でながら、客に、

「近ごろあまり大したのでないのが誰も彼も芸術院会員とかになっているらしいが、うちのこいつなども漱石の猫とともに会員に推せんされてもよいのだ。部長になってもよい。あんなのは猫でも杓子でもよいのだから、いや徒党を組むようなことは断じてしない猫や杓子の方がよいのかも知れないよ」

などと語っていた。この主人というのは二三十年前には二三のユーモア小説などを発表したまま世に現れず、志が埋もれている不遇作家だけにこんなひねくれた不平がましいことも言うのであろう。しかし文学に対する情熱を全く失ったのではないしるしに時々、世に問わぬ、というよりは世間が相手にしない詩のようなものを年久しく書いていたが、このごろは年のせいか、それもおっくうになって即興十七字詩と称して俳句まがいの駄句を放吟してひとり悦に入っている。

この主人というのは、当人は楽天家と自称しているにも拘らず、常に何かしら不平らしく気むずかしい顔をしている。息子がまだ幼少のころ、と言えば三十年も前のことであろうが、息子のところへ遊びに来た近所の子供が、彼が小声で歌っているのを聞いて、

「おじさんが歌を歌った！」

と泣いて帰った事があった。その子にとっては、彼が歌をうたった事はまるで化石が動き出したか何かのように、天変地異とも感じられたのかも知れない。デカチビの飼い主というのは、ざっとそういうおじさんなのである。

こういうへんな人物にはありがちのことであるが、人のあまり寄りつかない彼は子供や小動物が大好きで、また子供や小動物の方でもふしぎと彼にはよくなついた。デカチビもいつのころからか、最初はお互に無関心に見えた彼になつきはじめて、主人の夕食の膳のそばに来ては、まるでコマ犬のように行儀よく坐ってつき切りに動かなくなった。彼が時々自分の食べるものを分けてやるので、チビはここで食べるものは、いつも当てがわれる台所の鯵《あじ》の定食よりもうまいと気がついたものらしい。猫という奴はデカチビばかりではなくみな美食家であるが、デカチビには特に

その傾向が甚しく、いつもは喜ぶ、鱸《すずき》のさしみなどでも一日経ったのはちっと鼻をつけたきり見向きもしない。

デカチビを愛する主人は、自分の好みよりはむしろ猫の好みを主にして副食物を択ぶようになった。自分はいつどこででも気に入ったものを食べることもできるが、猫はそれができないと思ったからである。そのうちにふしぎと好みがだんだん猫に似て来た。そうして自分は三度に一度、あとの二度は猫にやって、副食物の大半はデカチビにわけてやるようになった。それもただくれるのではなく、猫と対談しながら食べさせるのである。

「だめだ、だめだ。そうむやみと背延びして立ちあがっても黙っているのではくれない。なぜ、くださいとか何とか言わないのだ？」

と言えば、相手は、

「ニャア！」と答える。

「そんなのはだめだ。なぜもっと元気よくいい声を出さない？」

「ニャアン！　ニャン!!」

食べてしまったのを見ると、

「黙って食べるやつがあるか。おいしかったなら、おいしかったと言わなきゃいけないではないか」

「ワアンワン〳〵」とまるで小犬のようにつぶやき吼え呻るのである。

いいかげんに食べ、こちらでももうやるものがなくなったころには、ひとりで出て行くが、それでも出て行かなければ、手を振って見せると出て行く。

いつか夕食前に手にとって見た書物が面白くて読み耽っていると、チビが障子の向うに来て部屋に入れよと呼ぶのであった。ここの障子は積み上げた雑書が邪魔になって自由に明けられないのである。猫の呼ぶのもその意味もわかっているが読みかけているところが面白くて立って行ってやらないでいたら、デカチビは障子の破れから、部屋のなかの主人をのぞき込んでいるのであった。これでは主人も立って行って部屋に入れてやらなくてはなるまい。こうして彼と愛猫とはいつものように対談しながらともに食事をすましたことであった。

昨年の冬は特に寒くて安普請では部屋を暖めると隙間風が洩れ入るし、炉辺でテレビを見ている家族の連中も、そろそろ番組にも飽き夜が更けて寒くなるに従って、ひとりふたりと追々におのおのの寝所に引き揚げて行き、最後までひとり取り残された主人だけが、瞑想だか妄想だかに耽って夜更けまで起きていると、部屋の燈を見つけて忍び込んで来た愛猫は主人の胡坐《あぐら》の上に来て膝と膝との凹みのなかにすっぽりと軀を丸めてのどを鳴らしはじめた。もうそろそろ寝ようかと考えていた主人は胡坐のなかの安眠者におつき合いしていたが、ふと放吟して言う――

天籟《てんらい》を猫と聴き居る夜半の冬

主人の聴いたのは厳冬深夜の天籟には相違なかったが、猫は捕り残した鼠の足おとでも天井に聴きつけて耳を動かしていたのであったかも知れない。

そういう彼の愛猫でまた親友を兼ねたデカチビは、このごろ頓《とみ》に元気を失い、半月ばかり前、久しぶりに五六日家に帰らなかったのを最後に、あまり外へも出かけずそれに目をしょぼしょぼさせて毛色も悪く痩せて肩の骨などがあらわに、むかし栗の実を懸命に追いかけたころのおもかげは名残りもない。年をとったのだから是非もないと思うが、せいぜい栄養を与えて肥らせてやろうと、好きなものを択《え》って与える食事なども今までのようによろこんでは食べず。従って対談にも身を入れない。一旦口に入れたものも食べないで残すような様子がおかしいので、注意してみると、上顎も下顎もすっかり歯が落ちてしまっているのであった。いつの間にこんな事になったものやら少しも気がつかなかったが、まだ十歳にもなるまいがもう老猫になってしまったものと見える。さんしょううおに入歯をしたとかいう話は聞いたが、猫に入歯をしてやることも厄介だし、その後は一旦嚙みほぐしたものをやることにした。今までは満腹すればすぐ部屋を出て行ったのに、このごろではいつまでも主人のそばを立ち去らないで満腹の身をぐったりとその場に横たえて動かず、声をかけてやっても返事もせずに、ただ尻尾のさきをピリピリさせて返事に代えるだけで、眼をしょぼしょぼさせて見上げる様子などもなさけない。

そのうち姿が見えないと思ったら、外に出かけたのでもなく部屋の隅の机の下にもぐりうずくまっていたり、便所の片隅に隠れるようによこたわって動かず、大きくゆれる腹と見張った目とで死んでいるのではないことがわかるような状態のことなどもある。

不精になったのかずうずうしくなったのか、夜などは寝ていた近くに尿をたれ流すことが度々あり、下性のよいその生来の美徳まで失われてしまった。しかしあまり元気がないので叱りたしなめることもできない。それでも一声かければ、耳をうしろにして恐縮の意を示しながらコソコソと逃げて行ってしまう。尤も、これらの失禁はものかげに隠れ込んでいたために気づかれないで部屋のなかに閉じ込められてすぐには外に出られなかったせいとわかってみるとあまり深くとがめることもできまい。

何にしても病気に違いないといつもの猫医者に来てもらうとやはり老衰と栄養失調だと言いながら五六日栄養の注射をして行ったらしい。

この医者は何らとりえのない駄猫を愛して医療までしているのを見て、ノラ猫に不便《ふびん》をかけている慈善家だと思っているらしい。彼は猫の美と珍とのためにそれを愛する人は知っていても、そのかしこさのために、また愛そのもののために愛する人のあることは知らないらしい。

年をとるのは猫ばかりではない。愛猫が老い行くと同様に、主人も亦年をとって行く。しかし人間の定命は猫よりも長いだけに、猫みたいに僅々《きんきん》この七八年のうちに、そう一度にどっと老い込むわけではなく、体力も気力もまだ決して衰えてはいないと思っているのは、もともと子供のように主観的な当人だけで、周囲の人々が仔細に見たら、童子のような、こんな猫の愛し方など、人間と猫との相違こそあれ、やっぱりデカチビ同然の老態なのかも知れたものではない。

この家の婆さんの来歴は、猫のものほど明確ではない。一口に婆さんと言うが年のほどもよくわからない。それでも三十を越えた息子がいると聞けば、この家に三十年以上いることもわかり、婆さんの年のほどもおおよそ見当がつく。

もともと猫のように可愛らしくもなく、栗を一所懸命に追っかける時のチビほど敏捷でもなかった。チビほどではなかったとしても二十年前は、今とは違っていた。アメリカとの戦争中といえば、もう二十数年も前のことになるから、婆さんの壮年末期もしくは婆さん初期に入っていたかも知れない。それでも、不精者でものの役に立たぬ亭主どのを差しおいて防空演習にも実戦にさえ参加して隣組の義務を果していたものであった。

「だから戦争に負けたのはお前たちのせいだ。おれは戦争の見物にはでかけたが、戦争をしたおぼえはない」

と敗戦後、亭主は婆さんをからかうのである。

疎開して後は、児孫ら一家五人のために食糧集めに大童《おおわらわ》で活動し、町まで仕入れに出た帰りには、その背負っているあまりに大きな荷物に、行きずりの人が、

「あんたさん何をあきないやすか」

と問うので、

「何でも売りやす」

と答えたほどで、防空戦での実績のほどはわからないが、疎開中の活動なら殊勲甲であろう。疎開から引き揚げる時にも、赤帽のいなかった上野駅の長いプラットフォームを、背に両手に大きな荷物を蟻のように運んだものであった。

その翌年の正月、孫たちが近所の子供連を集めて来てのかるた会の席上で亭主どのは、亭主関白妻、

疎開して後の力にくらぶれば
　昔はものをかつがざりけり

と読み上げて子供たちをまごつかせたものであった。

その後、二十余年を経て、この働き者が台所仕事まで一切お手伝いに任せ切ってしまって、ほとんど何もしなくなった。そうして二十年前のことを、

「あの時は気が張っていたし、まだ年も若かったのだから」

と婆さんは、その十数年間に猫の七八年分を一気に年取ったらしく婆さんになったことを自認している。そうして近ごろでは、そんなところへそんなものを置いて

は危くて困ると何度も注意するのも聞かずに土瓶ややかんの類を出入口に置いたのを蹴ったり、つるを足にひっかけてひっくりかえしたり、さては食膳に運ぼうと捧げ持って来た盆をそこらに投げ出して、お漬け物をバラ撒いたり、茶碗をおっ欠いたりすることが度重なる。亭主どのは渋い顔をして、それでも笑いながら、

「ながの年、つれ添うて子まである間がらだから、役に立たなくなっても仕方がないとは思っているが、こう度々わるさをして室内に洪水や噴火のような天変地異を起されてはもう我慢もならない。ここに佐藤春夫先生という方がお訳しになったイギリスの詩人の『疲れた人』という詩がある。こうだ——

私はしづかな紳士なのです、
私はいつも坐つてゆめ見てゐます。
それだのに私の妻は山腹にゐて
まるで谷川のやうに荒ら荒らしい。

私はしづかな紳士なのです、

私はいつも坐つて考へてゐます。
それだのに私の妻は旋風になつて駆ける
インキのやうに黒い夜のさなかを。

お、私にください、私の種族の女を、
私のやうによくひかへ目なのを
私たちは火のそばに辛抱づよく坐つて
私たちが死ぬまでぢつとしてゐように」

婆さんはせっかく爺さんが読んだ詩に対しては、ただ、
「何だかおもしろそうな詩ね」
と一口言っただけで、それ以上の反応は少しも示さなかった。張り合いのない奴だと爺さんは心中甚だ平かならず。猫ならば耳をうしろに伏せるとか、尻尾のさきをピクつかせるとか、何か多少の反応もあったろうにと、そこで爺さんはもう一度出直した――

「役に立たなくなったのは、年のせいで是非もないと永年のなじみがいに黙っていたが、こう度々わるさをするようになっては、何かと仕置きはしなければなるまい」

「それに猫のようにかわいらしくもありませんしね」

「うん、そこだよく言った。猫はひとの言葉のそばから口出しをして話の邪魔はしない。ついでにそこに気がついたら、猫ほどかわいらしくなくとも、猫よりもえらいのだがね」

ところで仕置きをすると息巻いてみたところで、追放するところとては何処にもなし、監禁して置きたくともそんな部屋とてもなく、またそれを設ける資金などはまるでないとあっては、爺さんに方法はない。

「ところで今日こわしたのは、わたし自身のお茶わんで、あなたがお気に入りの馬のお茶わんではありません。それに免じて、少しは情状を酌量してはいただけないものでしょうか」

「いや、いけない。こわした物によって情状を酌量するなんて、それは偶然の結果ではないか。それに日常の雑器とは言え、みな家宝なのだ。買い直せばすむものと

いう考えが、そもそもの間違い、そういう心がけが物を粗末にしているのだから
ね」
「おやおや、これは情状酌量どころか、かえってやぶ蛇に、また一つ罪状を告発さ
れたようなものでしたね」
「いや、その心配なら無用、罪の重なる場合は、その重い方を処分するのが原則な
のだからね。それに情状酌量の方は、猫のようにかわいらしくもないという謙虚な
自己認識で何とか考慮してもよい。それにしても仕置きは必ずしないでは措かない。
このままにすませばくせになる。身辺の平和をさわがし、室内の秩序を乱した大罪
は重い。正に追放に当るものである。しかし情状は十分に酌量しよう。終身刑とい
うのはよく聞くが、終身執行猶予というのは有るか無いかは知らないけれど、この
際、特例をひらいて、この恩典に浴させることにしよう」
と宣言した爺さんは、心中、何やらもの足らない気分であったが、こう言い了っ
たところで、ふと名案が思い浮んで言い足したものであった——
「手に持ったものを取り落したり、ものに躓《つまず》いたりすることのしばしばあるのは、
ただの粗相ではなく、何か神経系統の病気の場合がよくあるとか聞きかじったこと

があったが、一度や二度ではなく、あまり時々のことなのだから、これはやはり用心して置いた方がよさそうなと思うのだ。仕置きは終身執行猶予として、その代りというわけでもないが、一つお医者へ任意出頭して診察してもらって来たらどうかね」

「お医者へ行くのですか？」

と婆さんは追放と聞かされた時よりは、しんけんな顔をした。追放などとはただ爺さんのいつもの戯言《ざれごと》と聞き流したが、診察のためお医者へ行けと言われては聞き捨てにならない現実として、同じく爺さんのいいかげんな戯言も何やら不安が伴うばかりか、婆さんは爺さんのまだ知らなかったむかしから今も医者に診察されることが理由もなく大嫌いなのであった。爺さんはそれをよく知っていたから、こういう風変りな罰ならぬ罰を課したものらしい。

一時は死ぬのではないかとまで見えていたデカチビ、爺さんの親友たる愛猫は、新涼とともに健康を取りもどして食欲も出た。でも歯は生えて来ないから、軟くおいしいものなら吠え呻りながら盛んに食べているという。

それにしても婆さんはその後、爺さんの要求する身辺の平静と室内の秩序とを果してどれだけによく保持し得ているかどうかはまだ十分に聞き及ばない。爺さんは愛猫を語るように事こまかくは婆さんを語らないからである。そうして最後に、

老いらくの恋と愛撫す桐火桶

という近作一句を示したものであった。今年の二月、余寒のきびしかった頃のことである。

さとう・はるお（一八九二～一九六四）作家

猫の首

小松左京

一

朝刊と牛乳をとりに出た妻が、短い悲鳴をあげるのがきこえた。——つづいて、ドサッとたおれる音。

つっかけ用の下駄の鼻緒が、だいぶゆるんでいたから、足でももつらせたのかとも思ったが一瞬のち、その悲鳴がただごとでないという感じがしたので、彼は一足とびに、茶の間から玄関へととび出した。

外は朝もやが一面にかかっていた。そのもやの中から、朝早く出勤する人たちの姿が、影絵のようにうかび上っては足早に消えて行く。――まだしずまりかえっている家並みの間に、その足音がよくひびく。あちこちで雨戸をくる音、雀の鳴き声、駅を出て行く電車のひびき……妻は、門の内側の、コンクリートの上にたおれて、気を失っていた。彼は、はだけた寝巻の前をかきあわせ、妻の傍にかけよった。

「どうしたんだ？」彼は、妻の体を抱き起しながらいった。「目まいでもしたか？」

妻の顔は、蠟《ろう》のようにまっ白で、唇まで血の気が失せていた。――恐怖のため、顔面がひきつり、目蓋がピクピクふるえていた。

「あ、あ……」と、妻はかすれた声で、やっといった。「あれ……あれ見て！」

眼を閉じたまま、妻はぶるぶるふるえる手で、門の方を指さした。――その方向を見たとたん、顔から血がひいて行くのが感じられた。唇がこわばり、舌がシュッと音をたててのどの奥にひっついた。

低い門柱の上に、ちょこんと小さな物がのっていた。――掌でにぎれるくらいの、白と黒のふわふわした毛でおおわれた、かわいらしい仔猫の首だった。

ピンク色の鼻の下に、ピンク色の口がわずかにひらき、細かな歯の間から、もう変色しかけた舌がわずかにのぞいている。門柱の下に、首を切りはなされたいたいたしいほど小さな胴体が、黒ずんだ血だまりに半分ひたってころがっており、その傍に、この残酷な儀式をおこなった凶器が投げ出されていた。

どきどきするような鋭い刃に、血脂をこびりつかせた、大きなたちもの鋏《ばさみ》が……。

幼稚園にかよっている娘が、こっとん、こっとんと二階からおりてくる音がきこえてきた。

――彼は、まだ土気色の顔をして、唇をこわばらせている妻を、低い声で叱る。

「さあ……。しっかりして!」

妻は、うっ! というような声をたてて、口をおさえると、トイレへかけこむ。

水音……吐瀉音《としゃ》……。

「パパ、お早う……」

四歳になる一人娘は、眼をこすりながら、眠そうな声でいう。

「ああ、お早う」彼はつとめて明るい声でいい、にっこり笑ってみせる。「今朝はすこし、お寝坊したね」

しゃべりながら、トイレの方が気になる。——妻がやっと出てきた。まっさおな顔に、むりなつくり笑いをうかべて娘に声をかけ、急いで台所へ行ってしまう。娘は、彼のあぐらに腰をおろすと、小さなあくびをして、つやつやしたお河童頭《かっぱ》を、彼の胸にもたせかけ、また眼をつぶってしまう。

「ほらほら、寝ちゃだめだよ」彼は、娘の黒い髪をなでながら、かるくゆすぶる。

「早く、お顔を洗いなさい……」

ふいに、声がのどにつまりそうになる。——あの事を……。娘が、今朝の惨事を知ったら……冷たいものが胸のあたりにこみあげてくる。言いようもない恐怖と、はげしい怒りが同時におそってきて、眼の前がふとうす暗くなったように感じる。

「御飯ですよ……」

妻があたためた牛乳とトーストを運びながらいう。——泣いたあとのように、声も表情も、ぐったり疲れているみたいで生気がない。彼は、妻にはげしく眼くばせする。——娘に気づかれたら……。

娘が朝食を食べるのを、新聞ごしにそっとうかがいながら、彼は気が気ではなかった。まさか、気がつきはしまいが……。血はちゃんとあとかたなく洗い流したはずだが、まだ気がかりだ。あのにぶい、残忍な光をはなつ鋏の刃の事を思い出すと、またも虫唾《むしず》が走り、胴震いがこみあげてきた。あんなもので……あんなかわいらしい首を……チョキンと……。

階段をのぼって行く、小さな足音に気がついて、妻と彼は、ハッと顔を見あわせる。

「智子！」

上ずった声で叫んで、腰を浮かす妻を、彼は手で制した。——妻は、いたたまれないように、天井を見上げていたが、とうとう階段の所へ行って、変にやさしいつくり声でいう。

「智子ちゃん……早くしないと、幼稚園おくれますよ」

しばらくして、小さい足音が、また階段をおりてくる。

「あのね、ママ——わんわんが一匹いなかったわ」

彼は新聞に伏せた顔をこわばらせる。——妻が変な空咳《からせき》をする。

「そう？——どこかに遊びに行ってるのよ、きっと……」

「迷子になったんじゃないかしら？」制服の上っ張りを着せてもらいながら、娘は小首をかしげていう。「さがしといてね、ママ」

「ええ……いいわよ」

「智子——」彼は、新聞に眼をすえたまま、できるだけさりげない調子でいった。「いつもいっているように、幼稚園で、お友だちや先生に、わんわんがいる事、いうんじゃないよ。——ちょうだいっていわれたり、とりにこられたりしたら困るからね」

「わかってるわよ」と、娘はませた口調でいう。「智子、いわないわよ。かわいいんだもン」

二

娘が出かけてしまうと、二人は気落ちしたように暗い顔になった。——彼は、テーブルのふちをぎゅっとにぎったまま、しばらく宙をにらんでいた。

「どうするの？」妻はかすれた声でいった。「いったいどうするつもり？」

妻はこわごわと台所の方に眼をやった。——土間の隅に、小さなボール箱がある。底の方に、もううっすらと、血がにじみかけている。

「どうするって……」彼は唇をかんで立ち上る。「始末しなきゃならない」

庭いじり用の汚れたズボンをひっぱり出してはきながら、彼は時計を見上げる。「おい……」彼は、ちょっと考えながらいう。「会社へ電話しといてくれ。——今日は午後から出るって。理由は何でもいい」

台所の土間へ出て、箱をとりあげようとしてふと考え、新聞紙をもってきてその上からもう一度くるむ。

「あの鋏は、うちのものか？」

「ええ、そうよ」

「どこにおいてあったんだ？」

彼は、箱の横にある、大きな鋏を、そっと足の先でつついてみる。——刃にこびりついた血のまわりに、すでに赤い銹《さび》がうかびかけている。

「さあ……いつもは押入れの中にしまってあるんだけど……」

「じゃ、どうやって持ち出したんだ？　おれたちの知らない間に……」

「わからないわ――」妻は凍りついたように立ちつくす。「じゃ……まさか……」

「いつ、この鋏をつかった？」

「ああ――思い出したわ……。おとつい納屋で小包をほどいたの。その時、忘れたのかも知れない」

「納屋は、いつも鍵をかけないのか？」

「かけるわよ。でも、かけ忘れることも、よくあるの」

これもいっしょに始末した方がいいだろう、と思って、彼は鋏をとりあげて、新聞に包みこんだ。――小さな肉片と、血まみれの毛がこびりついているのを、眼をそらせて見ないようにする。

朝露にぬれた庭へ出て、彼はちょっとあたりを見まわす。――そう、あれがいい。ようやく二十センチほどにのびたさ、いきの若木だ。まずシャベルで、その木をほりおこし、それから、まわりを見まわして、庭の隅の方に深い穴を掘って行く。

自宅の庭に埋めるのは、まずいかも知れないな、と、彼はしたたる汗を手の甲でふきながら、ふと思った。――といって、捨てに行くのは、かえって危険かも知れない。第一、どこに捨てにいったらいいのだ？　どっちにしても、捨てるなら、夜、遠くまで行かなければならないだろう。だが、夜までこれを家の中においておく勇気はない。

考え考え掘っているうちに、穴はずいぶん深くなってしまった。彼は汗をぬぐい、息をつき、新聞紙の包みをとりあげる——仔猫の死体をもう一度見たい、といううずうずした衝動がこみあげる。もう一度見れば、怒りがこみあげてきて、しめつけられるような恐怖をおいはらってくれるのではないだろうか？——だが、その勇気は、やはりない。新聞紙の包みを見おろしていると、その中に包まれている仔猫の姿が、もう一度思い出されてくる。小さな……うまれてから、まだ一カ月とちょっとしかたっていない、ほんにいたいけな生き物だった。ついこないだようやく眼がはっきりひらき、よたよたトコトコとかけまわるようになった所だ。いっしょにうまれた兄妹たちと、ころころもつれあい、ニャアニャア鳴いて母猫の乳房に吸いつき——体に不釣合いに大きな、ピンク色にすきとおった耳と、鈴をはったような、つぶらなグレーの眼と、よちよち歩きの赤ン坊のくせに、なまいきにピンとはった、ほそい、白いひげと……ふわふわの毛につつまれ、ほそい、小さなしっぽをピンとはって、……見ただけで、胸がいたくなるような、あの幼生特有の愛くるしさにあふれ……。

なぜだ？　畜生！……、彼は眼の前が暗くなるような怒りにおそわれ、思わず眼をつぶった。——こんな……こんなかわいらしい生物を……それもうまれてまだ、一カ月余しか陽の光をあおいでいない赤ん坊なのに……こんな罪もない無邪気な生物を、こんなむごたらしい目にあわせるなんて——鋏で首をちょんぎって、、、、、、、殺すとは！

「今日はお休みですか？」

垣根ごしに声をかけられて、彼はあやうく包みをおとしそうになる。——隣の、詮索好きな主婦だった。

「ええ、まあ……」彼は、汗がまた全身にふき出すのを感じながら、やっと答える。

「ああ、どうも——いい天気ですな」

「さつきの移植ですの？」

「そう——そうです……」

彼はあわててシャベルをとり、もう充分深い穴を、また掘りかかる。

「その新聞包み、何ですの？　——肥料か何かですか？」

「ええ――そうです。肥料ですよ」

「何を肥料におやりになるんですの？　教えていただきたいわ」

彼は、のどにグッとかたいものがつかえるのを感じた。――どうすればいいのか？この無邪気そうな顔をした、その癖、隣人のどんな些細な不審も見のがさない、貪婪《どんらん》な好奇心の持ち主である有閑婦人を……。お前も……と、彼はザクリと土の中にシャベルをうちこみながら、自暴自棄な気持で考える……お前もいっしょに埋めてやろうか？　どうだ、ばあさん……。

その時、幸いに隣家の門の方で御用聞きの声がする。

「ちょっと失礼……」

主婦は垣のむこうからきえた。――彼は、おかしいほどあわてて新聞包みを穴におとしこむと、無我夢中で土をかける。半分ほどうめて、やっと気がつく。――あやうく木を植えるのを忘れる所だった。

土をかけ、ふみかため、いったん室内にひっこんで、また気がつき、もう一度庭へ出て、小さなホースで植えかえたさつきの根もとに水をやる。――隣家の主婦はまだ出てこない。今なら出て来ても平気だ。肥料は何をおつかいですの？――ごくふつうのものです。油粕ですよ。それにちょっと秘訣がありましてね。何ですの？　チオ硫酸ナトリウムを、ほんのちょっとくわえるんです。これが秘伝です。チオ……何ですって？　むずかしい名前ね。早くいえば、ハイポですよ。写真屋へ行けばわけてくれます……。

「あなた……」

妻が室内から土気色の顔をつき出してよぶ。――声は低いが、ただならぬ調子だ。

「あなた、ちょっと……」

彼は水をとめて、中にはいる。玄関に人が来ていた。――警官だ。

「この先の交番のものですが……」と、中年の警官は、無表情にいう。

「何の御用でしょう？」

「実は、今朝、届けた人がありまして……」

「何をです？」

「今朝早く、お宅の門柱に、仔猫の首がのっているのを見かけた、というんですが……」

妻の体が、傍でギュッと硬くなるのが感じられる。それをさとられまいとして、彼はわざと素頓狂な声をあげる。

「仔猫の首ですって?――何ですか、それは? 気味の悪い……」

「あなただって、それがどんな事かご存知でしょうな」警官は、ぶすっとした顔でいう。「本当に、そんな事はなかったですか?」

「ありませんよ。――門の所に、血の跡でものこっていましたか?」

「いや――それは、いま見たんですが……」

警官は、じろじろと家の中を見まわす。

「どっちにしろ、いやがらせでしょう。誰です。そんな事をとどけたやつは……」

「いや――それならいいんですが……」警官は、急に表情をかえ、あたりを見まわしてひそひそ声になっていう。「とにかく気をつけてくださいよ。このごろは、特にうるさいらしいんです」

「そういう話ですね」彼は眉をしかめる。「いったい、その……警察はわれわれを守ってくれないんですか?」

「こればかりは、われわれにもどうにもなりませんな」警官は、やっと人間らしい表情になって、ハンカチを出し、額をぬぐった。「注意していただくより、しかたがありません。何しろ、大した事じゃないんですから、ちょっと自制していただければね。――でも、人間ってしかたのないものですな。あれほどやかましくいっているのに、まだ、禁令をおかして、あんなつまらないもののために、命をおとしたりする連中がたえないんですから……」

じゃ、というように、警官はノッブに手をかけた。だが、ドアをあけようとして、またちょっと鋭い眼でふりかえった。

「まさか――お宅で、猫を飼っているわけじゃないでしょうな?」

「とんでもない!」と妻は叫んだ。「猫なんて……犬なら……」

彼は、妻の手をかげでぐいとひいた。

「馬鹿な事いっちゃ困ります」彼は強くいった。「そんな大それたことを――なんなら、家の中をしらべてください」

「いや、冗談です」警官は手をふった。「こんなちゃんとした生活をしておられて、そんな危険をおかされるとも思えません」

三

警官がかえると、彼はいそいで服を着かえた。

「どうするの?」妻は、まっさおになって、彼の腕をゆさぶった。「まさかこんな時に、会社へ行くんじゃないでしょうね」

「もう一度社へ電話してくれ」彼はネクタイをむすびながら、切迫した声でいった。

「今日は休むって……」

「どうするの? ねえ、どうするのよ」妻は、彼の体をゆさぶった。「いつかは、こんな事になると思っていたわ。——あなたが悪いのよ。子供に甘くて……」

「うるさい!」と、彼はどなった。

「捨ててくるんでしょう?——いまさらおそいかも知れないけど、でも、私たちの安全を考えたら、そうするよりしかたがないわね」

「捨てはせんぞ」と、彼は眼をギラギラさせていった。「捨てたら——あの連中が、どんな目にあうと思う？　そんな事、できるものか。まだ時間はある……」

「あなたったら！」妻は悲鳴に似た声で叫んだ。「どうするつもりなの？　たかが、猫くらいで……きちがい沙汰だわ！」

「だまってろ！　おれに考えがある」

「あなた――智子や私が、どうなってもいいの？」妻はヒステリー寸前の状態だった。「こんなになっても、まだ……あの畜生どもをかばうつもり？――猫なんかのために、人間が犠牲になっても……」

妻の頬がピシッとなった。

「猫、猫というのをやめろ！」と、彼は低い、押し殺した声でいった。「誰かにきかれたらどうする？――やつらだって、きいてるかも知れんぞ」

妻は両頬をおさえて、口をつぐんだ。――やつらという言葉にすっかりおびえてしまったみたいだった。

たよりない当てだったが、当てがないわけでもなかった。前々から、噂にはささやかれていた、ある「ルート」について、つい二、三日前、ある事を耳にはさんだのだ。ほんとうかどうかわからない。だが、今は、藁《わら》をもつかみたい気分だ。やってみるよりしかたがない。

彼は二階にかけ上った。一人娘の部屋の本棚をさがす。まだ幼稚園だから、むずかしい本は読めない。しかし、彼自身が好きでもあり、また娘が大きくなったら読むようにとも思って、名作童話の、やや高学年向きのものがいろいろそろえてある。――その中から、ルイス・キャロルの「不思議の国のアリス」と、シャルル・ペロオの童話集をやっとさがし出す。どちらも幸い、新書判ぐらいの大きさで、ポケットにいれられる。話にきいた所では、できればもう一冊あった方がいい、という事だった。だが、ホフマンの「カーテル・ムルの人生観」は、友人にやってしまったし、漱石全集は大きすぎて、人眼につきやすい。

二冊の本を、一冊ずつポケットにいれると、彼は二階の納戸の戸をあけてみる。――ほの暗い納戸の奥に、もう一つ戸があり、それをあけると、ふだんめったに使わないものをつっこんだ、まっ暗な物置だ。――胸のむかつきそうな獣の排泄物の臭気がプンとする。暗やみでごそごそはいずる音……。

「ゴロニャーン！」

電燈をつけると、母猫が、とがめるように鳴いた。ミャー、ミャー、と甲高い声でながら、チビ猫どもが眼をしょぼつかせ、よたよたはい出してこようとする。

「だめだよ」彼は、チビどもを奥へおしもどす。「なまじ仏心を出して、ちょっと外へ出してやったら、あんな事になっちまった。――バカ猫め。自分の子供が、どこか迷子になったのも気がつかなかったのか……」

しかったって、わかるはずはない。母猫は、のどをはげしくグルグルいわせながら、眼を細め、彼の指先の愛撫をたのしむように、低く、満足そうに、ゴロニャーン、ゴロニャーンと鳴きつづける。ミイミイピイピイいうチビ猫どもは、物置の中をまわっては、母猫の乳首に吸いつく。

「ほんとに、五匹もうみやがって……」彼は、母猫ののどをくすぐりながら、ふいに涙ぐみそうになる。「知らないのか？――お前の子供の一匹が、今朝、やられちまったんだぞ。やつらは、とうとう目をつけたんだ。もうここには、あまり長くいられないぞ」

猫たちがいなくなったら、娘がどんなにか悲しむだろう、と思うと、胸がいたんだ。とてもかわいがっていたのだ。――かわりに、それこそ犬か……それとも兎でも飼ってやろうか？

娘は、小さいから、じきそれで気がまぎれるだろう。だが——本当の猫好きは、彼自身の方だった、という事を、今さらながら彼は思い知らされた。だからこそ、禁令が出てからも、ずるずると優柔不断に雌猫を飼いつづけ、ある晩、おそらくやつらに追いかけられた一匹の、やせおとろえた雄猫が逃げこんでくると、それもかばい、とうとう雌猫がはらみ——そして、雄猫の方は、ある日、近所の河原で、ずたずたにひきさかれて死んでいたのだ。

　そのころまでは、まだ、たかをくっていたのだ。禁令をやぶっていたために、一家がおそわれて全滅した、とか、ひどい目にあわされた、とかいう噂が、次第にあちこちできかれるようになってからも、なお彼は、どことなくたかをくっていた。それは、いってみれば、無免許運転をつづけているような、あるいは戦時中、軍や経済警察の眼をかすめて、食料の闇買いをつづけているような、そんな程度の気分だった。

　ほんとうに危険を感じはじめたのは、連中が見せしめのために、違反者のいた町内を襲撃し、荒れまくったというニュースをきいてからだった。——密告者が、あちこちに出はじめた、という話や、連中の手先になって、あちこちかぎまわっている密偵の、特別組織ができているともきいた。警察も、「市民の安全のため」という名目で、とりしまりを強化しはじめた。そのころから、さすがの彼も、何かまわりからしめつけられるような不安を感じはじめた。妻も、同じような不安を感じ、どうする気か、と彼にせまったが、彼女自身も、自分が直接始末をするほどの気はなかった。

こうして、優柔不断のまま、ずるずる日をすごしているうちに、雌猫がついにお産をした。

あの勝手気ままな所のある動物を、屋内から一歩も出さないで飼うことは、一匹でさえ大変な苦労である。それが、五匹も一ぺんにふえ、さらにその五匹が大きくなっていったら……。

何とかしなければ——と、彼は心の底で思いつづけてはいた。——今のうち、何とか「始末」のつけ方を考えておかないと……。

そう思いながらも、幼い娘の喜びぶりにひきずられ、日に日に愛くるしくなって行く仔猫たちの姿にほだされ、なおずるずると日にちがたっていった。何とかしないと、そのうち、大変な事になるかも知れない、と思いながら……、そして、ついに……。

「待ってろ――」彼は仔猫の一匹をとらえ、いやがるのにそのピンクのしめった鼻に、自分の鼻をこすりつけながらつぶやいた。「何とかしてやる。――何とかなるはずだ。むざむざ、連中にわたすものか」

階下へおりて行くと、幼稚園から娘がかえってきた。――どういうわけか、若い保母もいっしょだった。

「まあまあ、どうも……」と、妻は半日でげっそりやつれた顔に、愛想笑いをうかべて、保母を出むかえた。「智子ちゃん、今日は先生におくってもらったの？　いいわね」

「智子ちゃんの、小さいわんわんがいなくなったんだそうですね」まだ娘々した保母は、笑いながらいった。「今日、幼稚園で、その事ばかり心配してましたわ」

「まあ……」といったきり、妻は絶句した。顔色が見る見るかわり、混乱し、自制心を失いかけた視線が、すがりつくように彼を見る。

「ああ、気にしてましたか？」彼は、わざと豪快に笑う。「なあに、そこらへんをうろついてるんでしょう。そのうちにかえってきますよ。――先生、おかえりになるんですか？　車でお送りしましょう」

娘の頬っぺたに、大きな音をたててキスをし、不自然なほどはしゃいだ声で笑って見せながら、彼は保母をドアの外へ押し出す。

「あの……」若い保母は、ためらうように彼の顔を見る。「ちょっと気になったことがあるんですけど……」

「何でしょうか？」彼は、相かわらずつくり笑いをうかべてふりかえる。

「ええ――あの……智子ちゃんのわんわんは、ニャア、ニャア、ニャア鳴くんだって……智子ちゃん、そういってたんですけど……まさか、お宅で――」

空にむかって、大仰にプッと吹き出して見せながら、彼は腹の中でまっさおになっていた。

「子供は、妙な事をいいますな。仔犬がキュンキュンなくのを、そうきいちゃったんでしょうな」

車庫の鍵をあけながら、彼はまた一段と危険がせまりつつあるのを感じた。――子供の口を封じようとしても、そんなもの長くはつづかない。その事をもっと早く悟るべきだった。

車庫のドアを開こうとした時、ふと、誰かの視線を感じて、彼はふりむいた。――五、六メートルはなれた所に、近所の主婦が三、四人かたまって、何かたった今までひそひそ話していたような雰囲気だった。今、彼女らは、話をやめてじっと彼の方を見ていた。そのために、今までやっていたひそひそ話の話題が、彼、もしくは彼の家庭の事だった事が、あからさまにわかってしまう。

「お出かけですか?」さっき庭をのぞいていた、詮索好きの主婦が愛想笑いをうかべて、ずうずうしく話しかける。「さっき、肥料の事、お聞きするのを忘れたわ」

「かえって来たら、教えましょう」彼は、我知らずかたい声でいう。「急ぎますので……」

「あのう――さっき、お巡りさんがお宅にこられましたわね」と、隣の主婦は好奇心むき出しで首をのばす、「何でしたの?」

「別に……」ドアをわざと荒々しくあけながら、彼は顔をそむける。「大した事じゃありません」

「でも、あの――首……」

と、もう一人の若い主婦がいいかけ、別の一人に、シッ! と袖をひかれる。

きこえないふりをして、車をひき出しながら、彼の心はますますこわばり、じっとりと冷たい汗が、腹のあたりににじみ出す。――もう一刻も猶予はしていられない。

「先生、どうぞ……」

ドアをあける時、主婦たちが、またひそひそと顔をよせて語りあうのが見えた。

――ほんと？……ほんとだったら、大変よ！　この町内全部に、迷惑がかかるわ。

――でも、まあ、いけずうずうしい。みんなの迷惑も考えないで、よく今までそんな……。私、見たのよ。だって、日曜でもないのに、会社をやすんで、庭木のうつしかえなんて……ふだんは奥さんがやるのよ。あれ、きっと、埋めてたんだわ。そう――首を……。急がねばならんぞ！　と、彼は汗をかきながら考える。「危ない！」

横にすわった保母が悲鳴をあげる。――急ブレーキで、やっと通りの横から出てきた、乳母車をはねるのを免れた。

「あの……私、おろしていただきますわ」保母がまっさおになっていう。「歩きます」

「どうぞ……」彼は激しく肩で息をつきながらうめくようにいう。「その方がいい……」

四

漠然と教えられた地区に、愛玩動物《ペット》の店は三軒あった。——二軒は何の反応もなく、三軒目をさがすのに、彼は焦りと緊張でヘトヘトになった。

やっとさがしあてた三軒目は、客がいっぱいだった。小犬、金魚、カンガルー、小鳥が所せましとならぶ間をかきわけて、彼はやっと主人らしい男の姿に近づく。しゃがれ声で悪態をついているオウムの前で、肥った婦人と話しこんでいる禿げた男の横のカウンターへ、彼はさりげなく二冊の本をおく。ページが自然にひらいた恰好で……。「アリス」の方は、あの「笑い猫《チエシヤ・キヤツト》」の挿絵ののっているページ、ペロオの童話集の方は、「長靴をはいた猫」の題字の出ているページがひらかれている。主人は、チラとそれを見て、しばらく知らん顔で婦人と話している。ようやく話が終って、揉み手をして婦人をおくると、彼の方をむいて、愛想笑いをうかべた。

「はい、電気鰻《うなぎ》でございますね。――奥においております」

その眼は笑っていない。迷惑そうな、とげとげしい色をうかべている。――店の奥にはいると、唇《くち》もとの笑いも消え、暗い眼つきになって首をふった。

「だめです……」と、主人はぶっきら棒にいった。「もう、あのルートはだめです。この間おそわれたんです。やばくて――とてもやってられない。たかがペットぐらいで、重傷なんかさせられちゃ、間尺にあいません」

「こんな店の主人とも思えんいい方だな」ききめがあるかどうかわからないが、彼は一万円札をひっぱり出す。一枚……二枚……たかが猫のために……三枚！「仔猫がうまれちまったんだ。五匹――一匹は今朝、鋏で首をちょん切られた。ルートがだめなら……行先はどこだ？　おれが自分で連れて行く」

「首を？」主人はまっさおになって、口をパクパクさせた。「そ、その首が、門柱の上にのせられていませんでしたか？　家の中をむけて……」

「よく知ってるな」

「あなた――妻子がいるんでしょう？　猫なんかほっといて、いっしょにすぐ逃げなさい。悪い事はいわない。そいつは……そいつは、やつらの警告です。疑いがかかった、というよりは、もう少し強い――家にいちゃいけません。今晩か明日の晩、おそってきます。すくなくとも、今夜は、さぐりに来ます。――家なんか、あきらめちまいなさい。おそわれて……殺された連中もいるんです。ひょっとしたら、もうつけられているかも知れない」

彼はもう五千円ぬき出して、札にかさねた。これで持ちあわせ全部だ。それも会社の金だった。

「四丁目の、骨董屋へ行きなさい」主人はおずおずと札をとりながら眼をそむけてつぶやいた。「一軒しかないから、すぐわかります。主人は婆さんです。そこでたのんでだめだったら――あきらめるんですな」

五

家にかえった時、もう日はとっぷりと暮れていた。彼の家は、門燈もつけずまっ暗で、鍵がかかっている。――出先から電話して、とりあえず妻子を実家に避難させた。まさかと思うが、万一ということもある。

鍵をあけようとして、彼は何となく、近所の雰囲気が異様なのに気がついた。まだ宵の口なのに、この一郭の家は、すべてぴったり雨戸をとざし、中には門燈さえ消している家もある。――どの家もかたく殻を閉じ、息をひそめているみたいだ。

ゴソッ！　という音が、植えこみの方でした。――彼は、ぎょっとして暗がりに眼をこらす。ガサッ、ガサッ、と、灌木の葉をゆすって何かが動いている。彼は戸口にほうり出されてあった小箒をにぎりしめ、全身をこわばらせて、音のする方にちかづく。フッフッという息遣いが、つい鼻先の暗やみからきこえる。

ギャーッ！

と、すごい声をあげて、そいつはいきなり彼の方にむかって突進してきた。得物《えもの》をふりあげるひまもなく、そいつは彼の脇にぶつかり、傍をすりぬけ、塀をおどりこえ、みぞの中を走って姿を消す。仔牛ほどもありそうな、まっ黒な、毛むくじゃらの獣だ。彼はライターをつけてみた。大きな足あとが、しめった土に点々とついている。――急がなければ……やつらは、もうさぐりに来た。

電燈を一つだけつけて、彼は二階へかけあがった。仔猫どもは、母猫の腹の所にいっせいに首をつっこみ、うとうとしたり、時折チュッチュッと乳首をすったりしている。

「ゴロニャーン！」と母猫がとがめるように鳴く。

「さあ、急ぐんだ」彼はボール箱に母猫と仔猫を手荒く押しこみ、ひもをかける。

「しばらくの辛抱だ。あばれるんじゃないぞ」

親子五匹となれば、相当に重い。箱をかかえて、階段をおりかけると、ガチャン！と、家のどこかでガラスのわれる音がした。用心のため、電燈を消し、そろそろとドアをあける。――闇の中から、ビュッと石がとんできて、ドスンとドアにあたる。

「猫の首！」と、暗い道のむこう側で誰かが叫ぶ。

「行っちまえ！　どこかへ行っちまえ！――行かなきゃたたき出すぞ！」

彼は車にとびこみ、いそいでエンジンをかける。――人間ども……恐怖にかられた人間たちが、やつらの側にたって、同じ仲間を攻撃しようとしている。

「さあ……しずかにしろ！」後ろの席のボール箱の中で、ニャアニャアギャアギャアギャアわめき出した猫どもをどなりつけ、彼は乱暴に車をひき出す。「うるさい奴らだ。助けてやろうというのに、ちょっとの辛抱もできんのか！」

道路の上に、二、三人の人影がいた。立ちふさがろうとするのを、思い切ってつっこんで行き、追いちらしながら突破する。――背後でわめく声がきこえ、車の屋根に、石がガン！　と音をたてる。そんな事はかまっていられない。時間があまりないのだ。

「船が――八時半に出ます」と、暗い顔つきをした、骨董屋の老婆はうつむいたままいった。

「これが最後の船になるでしょう、ええ……南の方の……連中のこられない島で――猫ちゃんたちは安全にくらしています。猫好きの人たちが、家をすててまでうつりすんで世話しています」

それから老婆は、さびしそうに笑った。

「もっと若かったら、私も行きたいんですけど……」

車を、最短距離をとって、なおかつ検問などにひっかからないようなコースをえらんで走らせながら、彼はいつしか汗みずくになっていた。

人気《ひとけ》のない海岸に出ると、彼はスピードをおとし、目じるしに注意しながら車を走らせた――目じるしの岬と岩はすぐ見つかった。が、――その間の汀《なぎさ》にいるはずの、ランチの姿はなかった。急坂をさかおとしにくだり、しめった砂の上を、注意しながら走らせて、波打際にいってみた。暗い水面に、かすかにモーターの音がひびき、明りを消したランチが遠ざかって行く。

「オーイ！」と、彼はボートにむかって叫んだ。「かえってくれ。これらをつんで行ってくれ」

車にひきかえし、ライトを点滅させ、クラクションをやたらに鳴らす。――潮風にふかれながら、泣き出したいような気持で、沖をながめていると、沖でランチがとまり、小さなエンジン付きボートがひきかえしてきた。

「さあ、おわかれだ……」と、彼は後部座席からボール箱をとり出し、そっと蓋の隅をあけた。「元気でな――チビどもも、行儀よくするんだぞ」

猫どもには、そんなシチュエーションは何もわからない。親猫が外へはい出そうと、蓋と箱の隙間から鼻面を強引につき出す。中ではチビ猫どもが、ニャアニャアピイピイさわいでいる。――それを見ると、苦笑といっしょに、鼻頭がツンと痛くなった。

助けてやろうと、こんなに苦労してやっても……一家の生活が破壊されかけるほどの犠牲をはらっても、こいつらにはそんな事は何もわからないだろう。暗いせまい所に押しこめられ、ゆさぶられつづけ、ただ恐怖を感じているだけだろう。感謝するどころか、いまは飼主をはじめ、人間に対する警戒心でいっぱいだ。

「おーい！」波打際の六、七十メートルも手前でとまってしまったボートに、彼は声をかけた。「どうしたんだ、早く来てくれ！」

「だめだ……」沖から恐怖にみちた声がかえってくる。「後ろを見てみろ。やつら、もう来たぞ」

ギョッとしてふりかえると、背後の崖の上にもくもくと黒い影がいくつも動いている。どれも犬ほどの大きさがあり、中には熊ほどのやつがある。――やつらは網をはりめぐらした。ものかげからさぐり、あとをつけ、伝令をとばし、そして今……。

「来てくれ！」彼はズボンのまま、水の中に二、三歩ふみこみながら上ずった声でさけんだ。

「まだ間にあう。早く……」

「だめだ。——やつら、泳げるんだ」

彼はボール箱をささげたまま、もう一度ふりかえった。——やつらの先頭は、もう崖をおりきった。

「お前だけでも泳いでこい。猫はうっちゃって……。でないと、お前も制裁されるぞ」

ボートの男は、エンジンの回転をたかめながらどなる。——彼はなお箱をささえたまま進む。波は、もう胸のあたりまできた。そして、やつらの先頭は、もうとめてある車の所まできた。

「ボートをまわせ！」と彼は叫ぶ。「スピードをあげて、おれの前をカーブさせろ。スピードをいっぱいにすれば、やつらもおいつけない」

水は首まできた。時折、足がふわっと底からはなれる。頭上にニャアニャアバリバリさわぎたてる猫どもの箱を高くさし上げ、彼はボートの接近をまった。暗がりと、岸辺からせまるものの恐怖に、ボートの男は目測をあやまり、彼の場所から数メートルはなれた所でカーブを切ってしまう。彼は頭上の腕を力いっぱいふって、箱を投げた。——ドサッと、うまくボートの中に箱がおちる音がきこえた。「行っちまえ！」彼は塩からい水をのみながら、のどをからしてどなる。「いいから、本船までつっ走れ！　逃げるんだ！」

いうまでもなく、恐怖にかられたボートの男は、フルスピードで沖へむかって遠ざかりつつあった。——あばよ、バカ猫ども……と、彼は水の中で半分泳ぎながら、つぶやく。ほんとに、世話をかけやがって……達者でな。

波打際には、やつらがずらりとならんで、水から上ってくる彼を待ちうけていた。十何匹かは、二手にわかれて水の中にはいり、彼を逃がさないようにとりかこんでいる。——むろん、彼はも早逃げはしない。胸のあたりまでの深さの所に立ちながら、じっとやつらのおそってくるのを待ちうけていた。

なぜなんだと、彼は、赤くギラギラ燃える、無数の邪悪な眼——獲物を逃がされた憎悪に燃える眼にむかってつぶやいた。——ほうっといてやれ、もう勝負はついたじゃないか、猫たちは、もうお前たちに危害をくわえる事はできない。食物は人間たちからもらい、お前たちをおそうにも、お前たちの勢力は圧倒的になってしまった。この上なお、根絶やしにしてしまう必要がどこにある？——たしかに、かって前たちの仲間は、猫たちにさんざん駆りたてられ、殺されたろう。その憎しみはわかるが、もとはといえば、猫だって生きるためだったのだ。お前たちは生きのび、ふえ、今や圧倒的な力を獲得した。なおこの上まで、最後の一匹まで、猫を殺す必要があるだろうか？——猫にだって、やはり生きる権利がある……。

だめだ！——と赤くギラギラ燃える眼は、いっせいに叫んだようだった。——今こそ、おれたちは復讐してやるんだ。長らくおいたてられ、子供を殺され、あいつらの足音にもおびえて、びくびくくらしていた先祖同胞の、徹底的なしかえしをしてやるのだ。根絶やしにする必要はないって？——人間だってやったじゃないか。あちこちの地域の狼を、憎しみにかられ、連中がもう、人間の武器の力の前に、危害をくわえられなくなった時に、人間ははじめて安心して彼らを憎み、しらみつぶしに駆りたて、絶滅させたではないか？——人間同士の闘いでも、完全に武装解除された何十万という人間を、無抵抗のまま皆な殺しにしたじゃないか？——おれたちもやるんだ。そして、おれたち種族の、「聖なる血の復讐」を邪魔するやつも、同じ目にあわせてやる……。

勝手にしろ！——と、彼は最後の侮蔑をこめて、やつらのじりじりせまってくる眼を見かえした。やつら――巨大化し、おそろしい数にふえ、しかも知能まで獲得し、いつの間にか人間の手におえなくなりはじめ、ついに地球上で、人類につぐ大勢力となって、人類の生活を圧迫しはじめ、人類との間に、いくつもの「条約」を――つい最近まで「万物の霊長」として大文明をほこっていた人類にとっては、屈辱的な「条約」を締結するにまでいたった、新種のねずみどもにむかって……。

殺したきゃ殺すがいい！　馬鹿な人間と思うだろう。今となってはお前たちより、はるかに知能も低い、おれたちの種族とは、本来何の関係もなく、助けてやったって何の感謝もされない、あのまるい無愛想な眼をした、手前勝手な動物をすくうために、いのちをおとすような人間を……。だが、お前たちには、まだこういった「高貴な愚行」にいのちまで投げ出す事はできまい。ざまあ見ろ！　これができるかぎり、そしてお前たちにこの「高貴な愚行」ができないかぎり、人間は、たとえ貴様たちにみんな食い殺されても、依然として地球上における「万物の霊長」の栄誉をたもちつづけるだろう。

眼前にちかよって、赤い二つの眼にむかって、彼は思いっきり、唾をはきかけた。――ギャーッという声が四方におこり、それがきっかけになって、巨大なねずみどもは、波うちぎわから、水の中から、いっせいにおそいかかった。齧歯《けっし》類特有の、あの大きくするどい二枚の門歯が、かみそりのように彼の服をきりさき、のどをきりさいた。ガリガリ、バリバリと骨のかみくだかれる音がした。バシャバシャとしぶきをあげ、むらがりおそう巨大な陸のピラニアの情け容赦ない歯の間で、彼の体はたちまちズタズタにかみさかれ、一体の白骨になり、その白骨さえバラバラになって、暗い水の下に沈んでいった。

こまつ・さきょう（一九三一〜二〇一一）作家

大王猫の病気

梅崎春生

つい半年ほど前から、猫森に住む猫の大王の身体の調子が、どうも面白くありませんでした。

どこと言ってとり立てて悪いところはないのですが、なんとなく疲れやすく、食欲も減退し、脚をふんばって見ても昔みたいな元気がどうしても出て来ないのです。これはつまり公平なところ、相当にながく生きてきたので、そろそろ老衰期にかかってきたのでしょう。自分では若いつもりでいても、身体の方で言うことを聞かないというわけです。

猫森の真ん中にある茸《きのこ》庭のあたりを、その朝も猫大王はいらいらと尻尾をふりながら、よたよたと行ったり来たりしていました。眼をらんらんと光らせてと言いたいところですが、もう今は瞳もどんより濁って総体に暗鬱な気配でした。尻尾をふっているのは、大王が怒っている時の癖なのですが、もうその尻尾もあちこち毛がすり切れて、なめし色の地肌がところどころのぞいているのです。これは大王が若い頃から怒りっぽくて、あんまり尻尾をふり廻したせいでもあるのでした。

そこへ椎の木小路の方から、朝の光をかきわけてオベッカ猫と笑い猫とぼやき猫たちが、何か世間話をしながらチョコチョコやって参りました。そして大王の顔を見ると、いっせいに立ち止まり、口をそろえて調子よくあいさつをしました。

「お早ようございます。大王様」

大王はじろりと三匹を見て、頬をもぐもぐ動かしたのですが、それは別段声にはならないようでした。なんだか口をきくのも辛そうな、面白くなさそうな表情なのです。そこで三匹は顔を見合わせましたが、オベッカ猫はすばやくピョコンと大王の前に飛び出して言いました。

「大王様には今朝もごきげんうるわしく――」

オベッカ猫がそこまで言いかけた時、大王猫はむっとした顔でそれをさえぎりました。

「ヤブ猫を呼んできて呉れい。それも大至急にだぞ」

ヤブ猫というのは猫森の三丁目一番地に開業している医者猫のことなのです。そこで再び三匹は顔を見合わせ、お互いに眼をパチパチさせ、今度は三匹いっしょに口を開きました。

「大王様。どこかお身体が――」

「調子わるい！」

と大王猫は言いました。ゼンマイのゆるんだような、筋がもつれたような、それはそれはへんな響きの声でした。

「今朝の朝飯のとき、うっかりと舌をかんだのだ」

そして大王猫は大口をあけて、べろりと舌を出して見せました。三匹が首を伸ばしてのぞいて見ますと、タイシャ色の舌苔におおわれた細長い舌の尖端の部分に、歯型が三つ四つついていて、そこらに血がうっすらと滲み出ていました。ちょっとその形が踏みつぶされた芋虫みたいに見えたものですから、笑い猫は思わずクスリと笑い声を立ててしまったのです。すると大王猫はぺろりと舌を引っこめて、こわい眼付きで笑い猫をにらみつけました。そしていきなり怒鳴りつけようとしたらしいのですが、その前にオベッカ猫が早口でわめきました。

「こら。笑い猫にぼやき猫。大急ぎでヤブ猫のところに行ってこい。歩幅は四尺八寸、特別緊急速度だぞ！」

大王猫は先にわめかれてしまったものですから、とたんに気勢をそがれ、ぐにゃぐにゃとうずくまりながら、力なく言いました。

「早く行って呉れえ」

「早く行って呉れえ」

とオベッカ猫が猫なで声で、そう口真似をしました。するとぼやき猫が不服そうに口をとがらせました。

「そりゃ僕は行ってもいいよ。行ってもいいが、一体君はどうするんだね」

「僕か。僕はここに居残って」とオベッカ猫は前脚でくるりと顔を拭きました。

「大王様の看護にあたるんだよ」

「ずるいよ。いくらなんでもそりゃずるいよ。他人ばかりに働かせて、自分は楽しようなんて」

「そんなんじゃないよ。そんなんであるものか。じゃ君が看護にあたれ。看護課の第九章を知ってるか」

するとぼやき猫はすっかり黙りこんでしまいました。第九章どころか第一章も知らなかったからです。オベッカ猫はすっかり得意になり、胸をそらして大声で命令しました。

「行って来い。出発」

大王猫はしごく憂鬱そうな表情で、このやりとりをぼんやり眺めていましたが、つりこまれたように自分も口をもごもごご動かしました。

「出―発」

笑い猫とぼやき猫は大王の前に整列し、ピタンと挙手の礼をして右を向き、それっ、というようなかけ声と同時に、すばらしい速さで椎の木小路の方にかけ出して行きました。木の間を縫う朝の光が、そのためにゆらゆらゆらっと揺れたほどです。

大王猫はぐふんとせきをして、身体を平たく伸ばしながら言いました。

「こら。オベッカ猫。しばらくわしの腰を揉んで呉れぇ」

「かしこまりました。大王様」

オベッカ猫が腰を揉んでいる間、笑い猫とぼやき猫は猛烈なスピードで、

「大王様のご病気だよう」

「大王様のご病気だよう」

呼吸のあい間にそうわめきながら、三丁目の方角に疾走していました。なにしろ歩幅が四尺八寸というのですから、人間にだってむつかしいのに、まして猫のことですから、後脚のキックに相当の力をこめねばならないのです。そこで一番地のヤブ猫の家の前まで来た時には、二匹ともすっかりへとへととなり、呼吸もふいごのようにはげしく、しばらくは声もろくに出ない有様でした。二匹とも一挙に目方が三百匁ぐらいは減ってしまったらしいのです。

「何か用か」

途方もなく大きな一本の孟宗竹の、下から三節目のくりぬき窓から、鼻眼鏡をかけたヤブ猫が首を出して、威厳ありげに声をかけました。

笑い猫とぼやき猫は並んで立ち、両の前脚を上に上げて横に廻わす深呼吸運動を、前後五回ばかり繰り返しました。そしてこもごも口をひらきました。

「大王様がご病気です」

「大へん御重体です」

「うっかりして舌を嚙まれたのです」

「そこでおむかえに参りました」

「どうぞ早く来て下さい」

「お願いでございます」

ヤブ猫は二匹の猫の顔を鼻眼鏡ごしにかわるがわる眺めていましたが、やがてフンと言った表情で首をひっこめ、そして根元の扉のところから、ちょこちょこと出て参りました。もう小脇には竹の皮でつくった大きな診察鞄をかかえこんでいたのです。それを見るとぼやき猫は急に不安になってきて、少しおろおろ声になって訊ねました。

「大王様はどうでしょうか。おなおりになりますでしょうか」

「まさかおなくなりになるようなことはありませんでしょうね」

と笑い猫が負けずに口をそえました。

「それは判らん」とヤブ猫は鼻眼鏡をずり上げて横柄に答えました。「諺《ことわざ》にも

Xerxes did die, so must we. というのがあるな」

ヤブ猫がとたんに学のあることを示したものですから、あまり学のない笑い猫とぼやき猫は、まったくシュンとなって顔を見合わせました。ヤブ猫はすました顔で、

「じゃあ出かけるかな」

と竹皮鞄をつき出しました。これは二匹の猫に持って行けということなのです。

二匹はあわててそれを受け取り、そして口をそろえて言いました。

「そいじゃ歩幅は三尺六寸ということにお願いいたします」

それはそうでしょう。重い鞄をかかえてそれで四尺八寸とは、これはもう猫業《ねこわざ》ではありません。

さて大王猫の方では、オベッカ猫に腰を揉ませ、四本の脚を揉ませ、次には裏返しになって背骨を指圧させ、つづいて、首筋をぐりぐりやらせていましたが、まだヤブ猫はやって参りません。オベッカ猫は揉みに揉ませられて、すこしはじりじりして来たらしく、もうやけくそな勢いで大王猫の首筋をつかんだりたたいたりしていました。こんなことなら使いに出た方がまだましだった、そう思っているようなしかめ面《つら》でした。ところが大王はそんな乱暴な揉み方が案外気に入っているらしく、

眼を細めて咽喉をぐるぐる鳴らしていたのです。これはきっと大王の血圧が高く、それで首筋が石のように凝っているせいなのでしょう。

丁度そのとき椎の木小路の方から、エッサエッサと昼前の空気を押し分けるようにして、ヤブ猫一行がひとつながりになって走って来ました。ヤブ猫は鼻眼鏡が気になるし、笑い猫とぼやき猫は診察鞄を両方からかかえているし、と言うわけで、そのスピードもそれほどのものではありませんでした。オベッカ猫はそれを横目でにらみながら呟きました。

「あれほど四尺八寸だと言ったのに、ヘッ、あれじゃあ三尺六寸どころか、全然二尺四寸どまりじゃないか」

「なにをぐすぐず言っとる」

と大王猫が聞きとがめて、頭をうしろに廻しました。とたんに首の筋がよじれて、ぎくんと鳴ったらしく、大王はイテテテと顔をしかめました。

「いえ。ヤブ猫一行が参ったらしゅうございます」

「どれどれ」

大王は椎の木小路に眼を向けましたが、視力が弱っていてとらえかねている中に、もうヤブ猫一行は茸庭に勢いよくかけ入ってきて、ぱっと一列に整列をしました。

笑い猫が大きな声で復命しました。

「笑い猫、只今ヤブ猫をたずさえて戻って参りました！」

「ぼやき猫、右に同じ！」

ぼやき猫も負けじとばかり大声をはり上げました。

ヤブ猫はすっかり荷物あつかいされてむっとしたらしく、二匹をにらんで何か言おうとしましたが、その前に大王猫が前脚をあげてさしまねいたものですから、二匹から診察鞄をひったくるようにして、大王の前に近づきました。

「大王様。如何なされました」

いくら横柄なヤブ猫でも、大王猫の前ではそうツンケンと威張るわけには行きません。すこし腰をかがめてまったく神妙な態度でした。

大王猫は眼をしばしばさせて、やや哀しそうにヤブ猫の顔を見上げました。

「身体のあちこちが、どういうわけか大層具合がわるいのだ」

「舌をお噛みなされたそうで」

「うん」

「ちょいと拝見」

大王猫は笑い猫を横目でじろりとにらみながら、忌々《いまいま》しげにべろりと舌を出しました。ヤブ猫は診察鞄のなかから竹のヘラを取り出して、それで大王の舌をおさえたり、かるくしごいて見たりしました。そして仔細あり気に訊ねました。

「今朝は何をお食べになりました？」

「コンニャクを食べたのだ」と大王猫は舌をすばやく引っこめてちょっと恥かしそうに鬚をびくびく動かしました。「コンニャクを食べていると、口の中のものがコンニャクか舌か判らなくなっての、それでうっかり間違えて噛んでしまったのだよ」

笑い猫が急に横を向き、あわてて両の前脚で口をしっかと押えて、ブブッと言ったような圧縮音を立てたのです。ヤブ猫はえへんとせきばらいをして、教えさとすように言いました。

「それはもう相当に感覚が鈍麻しておりますな。もう以後コンニャクのようなまぎらわしいものは、一切お摂りになりませんように」

「うん。わしも別に食べたくはなかったが、今朝はなんだかとても身体がだるくて、全身に砂がたまっているような気がしたもんだからの」と大王猫は情なさそうに合点合点をしました。「で、どこぞに故障でもあるのかな」

「三半規管ならびに迷走神経の障害」

とヤブ猫は名医らしく言下にてきぱきと答えました。

「それに舌下腺も少々老衰現象を呈していますな」

大王猫はぷいと横を向いて、グウと言うような惨めな啼き声をたてました。

「グウ。それに対する療法は？」

「まあマタタビなどがよろしゅうございましょう」

そう言いながらヤブ猫は、診察鞄から聴診器をおもむろに取り出しました。鞄は竹皮製ですから、あけたての度にばさばさと音を立てるのでした。

「一応全部ご診察いたしましょう」

それから、ヤブ猫は聴診器のゴムを耳にはめ、大王猫の身体をあおむけにしたり、裏返しにしたり丸く曲げたり平たく伸ばしたり、そして要所要所に聴診器をあて、またもっともらしい手付きで打診などしたりしました。オベッカ猫と笑い猫とぼやき猫は、結果如何にと眼を皿のようにして、大王の軀とヤブ猫の顔色をかたみにうかがっています。それらはまったく真剣そのものの表情でした。

ヤブ猫はやがて手早く診察を終り、聴診器をくるくる丸めて鞄のなかにしまい、腕組みをして首をかたむけ、フウウと大きな溜息をつきました。大王猫はびくっと身体をふるわせ、おそるおそる片眼をあけてヤブ猫を見上げました。

「まだ他にどこぞ故障があったかの」

ヤブ猫は腕を組んだまま視線を宙に浮かせて、じっと沈黙しています。たまりかねたようにオベッカ猫が横あいから口をさし入れました。

「おい、ヤブ猫君。何とか言ったらどうだね。え。大王様はすっかり御丈夫だろう。ええ。まったく御健康だと言い給え」

ヤブ猫はオベッカ猫にじろりとつめたい一瞥をくれて、しずかに首を振りました。その横柄な態度がぐっとオベッカ猫の癇にさわったらしいのです。

「なに。大王様が御壮健でないことがあるものか。御壮健そのものだぞ。僕がよく知っている。僕の方がよっぽど虚弱なくらいだぞ。だから僕は日夜大王様の身辺に侍して大王様のはつらつたる御健康のおこぼれを……」

「なんだと。おいぼれだと！」

大王様が憤然と聞きとがめて、頭をむっくりもたげました。

「いえ、いえ。おいぼれじゃなく、おこぼれでございまする」

「ははあ。耳にも故障がございますな」

ヤブ猫は鞄の中から細い金属棒をせかせかとつまみ出し、大王猫の頭をいきなりぐっと押さえ、その尖端を右耳のなかにそっと差し込みました。途中でところどころ引っかかるようでしたが、とにかくその金属棒はしだいしだいに耳穴にすいこまれ、やがてその尖端が左の耳の穴からチカチカと出て参りました。その間大王猫はすっかり観念したように、身動きさえしませんでした。

「ははあ。思った通りだ」

金属棒を耳からずるずると引き抜きながらヤブ猫がつぶやきました。

「鼓膜も穴だらけだし、内耳も腐蝕しておるし、これじゃ右から左へぜんぜん素通しだ」

「どうしたらよかろう」

と大王猫はうめくように言いました。

「マタタビ軟膏をお詰めになるんですな」とヤブ猫はすました顔で言いました。

「それに肝臓も相当に傷んでいて、すでにペースト状を呈しておりますな。早急に手当てをせねばなりません」

「どんな手当てがよろしかろうか」

「マタタビオニンがよろしいでしょう。それから坐骨神経の障害。ほら、ここを押すとしたたかお痛みになりますでしょう」

「うん。あ、いてててて!」

「マタタビの葉をすりつぶしてお貼りになるんですね。朝夕二回ぐらいがよろしゅうございましょう」

「それから近頃どうかすると——」大王は胸を押えました。「すぐに心臓がドキドキするのじゃが」

「心悸亢進でございましょうな。すべてこれらは老衰にともなう典型的な症状でございまして——」

「なに。老衰だと」

と大王猫はぎろりと眼を剝きました。

「じっさいお前は言いにくいことを、全くはっきりと言う猫だな。それじゃよし。

そんなら老衰という現象には――」

「マタタビがよろしゅうございましょう」

これはヤブ猫だけでなく、他の三匹の猫も一緒に合唱するように言ったものですから、大王猫はかっとなって二尺ばかり飛び上がって、総身の毛をぎしぎしと逆立てました。

「何を聞いても、マタタビ、マタタビ、マタタビだ。このヘボ医者奴。薬はそれしきゃ知らないのか。おい、ぼやき猫。ひとっ走りして文化猫を大至急呼んでこい！」

「文化猫はここしばらく、イタチ森へ講演旅行に出かけております」

「なんだと。講演旅行だと。あのロクデナシ奴。おい、ヤブ猫。お前は近頃全然勉強が足りないぞ。マタタビとはなんだ」大王猫は怒りのために尻尾をやけにうち振りふり廻し、呼吸をぜいぜいはずませました。「マタタビなんか古い。全然古い。十九世紀的遺物だ。現今はもはや二十世紀だぞ！」

ヤブ猫はかくのごとく真正面から痛烈に面罵されて、とたんにすっかり慄え上がり、おろおろと前脚を鞄につっこみ、がしゃがしゃとかき廻した揚句、小さな鼠革表紙の手帳をとり出しました。これはまあ医者のエンマ帳みたいなものでしょうな。ヤブ猫は大急ぎで前脚に唾をつけ、ぺらぺらぺらと頁をめくりました。

「ええと。ええ。大王様。お怒りにならないで。不勉強なわけでは決してございません。ええ。それそれ、ここに、カビ、抗生物質と書いてございます。これなんかは老衰に——」

「なに。このわしにカビを食わせる気かっ！」

「いえいえ」ヤブ猫はあわてて次の頁をめくり、鼻眼鏡の位置を正しました。「ええ、次なるは葉緑素。これは最新学説でございますな。これを摂ることによって体内の細胞はまったく更新し」

「葉緑素とは何だ」

「はい。木の葉などにふくまれている天然自然の貴重な原素でございます」

三匹の猫たちは横柄なヤブ猫がちぢみ上がっているので、お互いに目まぜをしながら痛快がっていました。大王猫は逆立てた背毛をすこし平らにしました。

「たとえばそれはどんな植物に豊富に含まれているのか」

「はあ」とヤブ猫は眼をぱちぱちさせました。「あのう、たとえば猫ジャラシとか

――」

「ああ、あれはいかん」大王猫は前脚をひらひらとふりました。「あれを見ると、わしはイライラしてくるのじゃ」

「では、ツンツン椿の葉っぱなどは如何でございましょう。毎食前に五枚ずつ」

大王猫はちょっと眼をつぶって、顎をがくがく動かし、椿の味を想像している風でしたが、すぐにかっと眼を見開いてはき出すように言いました。

「あんまり感心しないな。お前の勉強はそれだけか」

「いえいえ」ヤブ猫はやけくそな勢いで次の頁をめくりました。「ええ。ええと。脳下垂体。これ、これ、これに限ります。これなら一発覿面《てきめん》でございます」

「覿面だと？」

「はあ。これは牛の脳下垂体でございまして、これを採取して内服するなり移植するなりいたしますと、たちまち十五年ばかり若返るのでございます」

大王猫は再びちょっと眼を閉じ、肩をぐっとそびやかしました。これはちょっと牛の気分を出して見たのです。すぐに眼をあけ、いくらか満足げににこにこしながら言いました。

「それはよかろう。面白かろう。それじゃ早速それを一発やって貰おう」

「今でございますか」ヤブ猫は手帳を急いでポケットにしまい、ハンカチでせまい額をごしごしと拭いました。「残念ながら只今のところ手持ちがございません。今しばらくの御猶予のほどを」

「なに。今手持ちがない？」大王猫の声はやや荒々しく、背毛もふたたび斜めに持ち上がりました。

「どこに行けば直ちに手に入るのかっ！」

「牛ケ原に参りますれば、そこらに黒牛が若干おりますので、あるいはそれに頼めば分けて呉れるかも知れません」

「よし。では早速家来どもを派遣する！」

大王猫は顔をじろりと三匹猫の方にむけました。三匹猫は思い合わせたように、一斉に一歩二歩あとじさりをしました。これは牛は黒くて大きいし力はあるし、それとの交渉はあまり好もしい役目ではなかったからです。

「ではお前たち、直ちに牛ケ原に向かって出発せよ」

「もうし、大王様」

と笑い猫が未練げに足踏みをしながら言いました。

「私どもは未だにはっきりと任務の内容を与えられておりません」

「よし。ヤブ猫。任務の内容を詳細に説明せよ」

ヤブ猫はまたハンカチでしきりに顔をふきながら、三匹の方に向き直りました。冷汗がひっきりなしに滲み出てくる風なのです。

「ええと、それは簡単である」ヤブ猫の声はおのずから苦しげな紋切型の口調になりました。「牛ケ原におもむいて、先ず黒牛をさがす。さがし当てたら、貴下の脳下垂体を少々分けて呉れと、相手を怒らせないように丁寧に頼みこむ。むこうが承諾したら、脳下垂体をすばやく採取して大至急戻ってくる」

「どういう方法で採取するのですか」とぼやき猫がおそろしそうに聞きました。

「ええ。それも簡単である」とヤブ猫は忙がしくハンカチで顔を逆撫でしました。もうハンカチは吸いとった汗でびしょびしょになってるようでした。「黒牛に先ず上をむいて貰うように頼む。そ、それから黒牛の鼻の穴に前脚をそろそろとつっこむ。右の穴でも左の穴でもどちらでもよろしいが、ただしくしゃみをされるおそれがあるから、事前に前脚はよく洗っておくこと。まず前脚の付け根までつっこめば、何かぶよぶよしたものをきっと探り当てるから、そいつに爪をかけ、力いっぱい引っぱり出すこと。あとはそれをかかえて後も見ずに一目散にかけ戻って来ればよろしいのだ」

「うしろをふり返ってはいけないいんですか」

「ふり返らない方がよろしかろう」とヤブ猫はぶるんと顔をふって冷汗をはじき飛ばしました。「万一ふり返りでもしたらどういうことになるか、それはもう保証の限りでない！」

その一言を聞いて三匹猫は一斉にぶるぶるっと身慄いしました。聞くだにおそろしそうな話だったからです。ことにぼやき猫なんかはもう目がくらくらしてほとんどぶっ倒れそうな気分でしたが、辛うじて脚をふんばり、最後の質問をはなちました。

「もし黒牛さんがイヤだと申しましたら――」

「他の黒牛にあたるんだ」

「そいじゃ黒牛さんが、脳下垂体は分けてやる代りに――」とぼやき猫はここで大きく息を吸いこみました。「その代りに猫森の一部分を割譲せよとか、猫的資源を供出せよとか、そんなことを言い出したら如何はからいましょうか」

「そりゃ困る！」

と大王猫が渋面をつくって、あわててはき出すように言いました。

「いや、大丈夫でしょう。黒牛なんてえものは至極お人好しの牛種ですから」

とヤブ猫は診察鞄を小脇にかかえ、もう半分逃げ腰になりながら猫撫で声を出しました。

「そんな悪らつなことを、まさかねえ、アメリカじゃあるまいし」

「よろしい。出発！」と大王猫がいらだたしげに前脚をふりました。「大至急、牛ケ原にむけ前進開始！」

「笑い猫にぼやき猫！」と大王猫の号令に便乗してオベッカ猫が声をはり上げました。「ただちに牛ケ原にむかって出発前進。糧食一食分携行。遠距離であるからして、歩幅は三尺六寸でよろしい。ただし帰りは四尺八寸に伸ばさざれば、生命の保証なしと知るべし。さらば征く、勇敢なる若猫よ！」

「バカ。このロクデナシ！」

大王猫は激怒のあまり逆上して、二三度ぴょんぴょんと飛び上がり、オベッカ猫をにらみつけました。

「ずるやすみもいい加減にしろ。先刻もこのわしをおいぼれ呼ばわりまでしゃがって！」

「はい。何でございましょうか」

「何もくそもあるものか」と大王猫は王者のたしなみも忘れて、口汚ないののしり方をしました。

「行くんだよ。お前が先頭に立って出発するんだっ！」

「はあ、私がでございますか」とオベッカ猫はきょとんとした顔をしました。

「そうだよ。それがあたり前だ」

「でも私はここに居残って、大王様の御看護を――」

「看護にはヤブ猫が残る！」と大王猫は怒鳴りつけました。「弁当をこしらえてさっさと出て失せろ！」

鞄をかかえて逃げ腰になっていたヤブ猫は、大王猫に肩をつかまれて、当てが外れたようにへたへたと地面に坐りこみました。

三匹猫はうらめしそうにそのヤブ猫をにらみつけ、それからそれぞれ手分けをして、大王朝飯の残りのコンニャクやそこらに生えている茸を、のろのろと弁当袋につめこみ、めいめいそれを頸から脇にかけました。なかんずくオベッカ猫の動作が一番のろかったのは、この牛ケ原行きにもっとも気が進まなかったせいでしょう。

しかしとうとう用意がととのってしまったものですから、三匹はオベッカ猫を最右翼にしてしぶしぶ一列横隊となり、そしてオベッカ猫がまず哀しげに声をはり上げました。

「オベッカ猫、只今より牛ケ原に向かい、黒牛の頭蓋より脳下垂体を奪取して参ります！」

そしてオベッカ猫はぎょろりとヤブ猫をにらみました。

「笑い猫、右に同じ！」

「ぼやき猫、右に同じ！」

そして二匹は一斉にぎらりとヤブ猫をにらみ、それから視線を大王に戻してこんどは大王の顔をきっとにらみつけました。すると大王は何をかんちがいしたのか、まったく満足げににこにこしながら、荘重な口調で訓示を垂れました。

「よろしい。只今諸子の眼光をうかがうに俄かにけいけいとして、見るからに闘志にあふれておる。わしの満足とするところである。その闘志をもって牛ケ原に直行し、巧言令色もって至妙の交渉をとげ、首尾よく脳下垂体を獲得して帰投せよ。出発！」

「出発。右向けえ、右！」

とオベッカ猫があまり力のこもらない号令をかけました。

「行く先は牛ケ原。歩幅は二尺六寸。出——発！」

「三尺六寸だっ！」と大王猫が怒鳴りました。

「もとい。歩幅三尺六寸。出発」

彼方のゆらゆら木洩れ日をかきわけて、三匹編成の特別一小隊は、エッサエッサと懸け声をかけて椎の木小路の方にだんだんと遠ざかって行きました。あとはしんかんとした茸庭の正午の空気です。一隊が見えなくなると、大王猫は急にぐったりしたように、ぐにゃぐにゃと地面にへたりこみました。「すこし疲労したようだ」と大王猫はものうげに小さな欠伸をしました。「脳下垂体か。それまでの間に合わせに、マタタビ丸を三粒ほど呉れえ。しかしあいつ等、うまく持って帰ってくるかなあ」

「あいつらが失敗すれば、また別の家来を派遣なさいませ」と鞄からマタタビ丸をつまみ出しながら、ヤブ猫がそそのかすような声で言いました。「まだ御家来衆は次々控えておりまするでございましょう」

「そうだ。そうだ。あいつらがやりそこなったら、今度はイバリ猫にズル猫にケチンボ猫を派遣しようかな」そして大王猫はマタタビ丸をぺろりとのみこんで、ふうと大きな溜息をついて身体を地面にひらたく伸ばしました。

「ヤブ猫。後脚の附け根あたりをすこし揉んで呉れえ。近頃わしは中脚の方も全然ダメになったようだが、脳下垂体を服めば回復するか。するだろうな。そうでなければわざわざ服む価値はないぞ」

一方オベッカ猫を長とする特別一小隊は、やがて猫森を出はずれ、ハンの木、ヤチダモ、アカダモ並木の大街道をかけ抜け、一面茫々の大湿地地帯を通過し、やっとタンポポ丘にたどりついた時は、もはや陽ざしは午後二時近くになっていました。さすがの若猫たちもこの長距離疾走にはすっかり疲労して、膝の関節もがくがくとなり、歩幅も二尺六寸ぐらいに縮小してしまっていたくらいです。そのタンポポ丘の頂上に立った時、突然笑い猫が彼方を指差してすっとんきょうな声を立てました。

「黒牛が！」

タンポポ丘のふもとから見渡す限り青々の草原がひろがり、五百米《メートル》ほどの彼方に黒いものがひとつ、じっとうずくまっているのが見えました。ここが名だたる牛ケ原なのです。そいつは見るからに傲然として、途方もなく巨大な黒牛らしいのでした。ぼやき猫もその叫びにつられたように、哀しげな声を出しました。

「ああ。あそこに黒牛が」

オベッカ猫はその瞬間まっさおになり、しばらくむっと黙っていましたが、やがてへたへたとタンポポを踏みくだいて腰をおろし、情なさそうに口をひらきました。

「さあ。とにかく、それよりも、弁当ということにしようや。そして弁当が済んだら、君たち二人とも小川でよく前脚を洗うんだよ。黒牛がくしゃみをすると僕だって大へん困るからなあ」

笑い猫もぼやき猫も同時に顔をぐしゃっとしかめ、よろめくように丘の斜面に尻もちをつきました。そこで三匹はそのままの姿勢で弁当袋をひらき、めいめいぼそぼそとコンニャクだの茸だのを口に入れては噛みました。おそらくそれらは全然食べ物の味がしなかったに違いありません。三匹ともろくに唾液が分泌してこないようで、時々ちらちらと黒牛の方に横目を使いながら、ごくんごくんとむりやりに嚥下している様子なのでした。僕はこういう彼等につよく同情するのです。

うめざき・はるお（一九一五〜一九六五）作家

どんぐりと山猫

宮沢賢治

おかしなはがきが、ある土曜日の夕がた、一郎のうちにきました。

かねた一郎さま　九月十九日
あなたは、ごきげんよろしいほで、けっこです。
あした、めんどなさいばんしますから、おいでんなさい。とびどぐもたないでくなさい。
山ねこ　拝

こんなのです。字はまるでへたで、墨もがさがさして指につくくらいでした。けれども一郎はうれしくてうれしくてたまりませんでした。はがきをそっと学校のかばんにしまって、うちじゅうとんだりはねたりしました。

ね床にもぐってからも、山猫《ねこ》のにゃあとした顔や、そのめんどうだという裁判のけしきなどを考えて、おそくまでねむりませんでした。

けれども、一郎が眼をさましたときは、もうすっかり明るくなっていました。おもてにでてみると、まわりの山は、みんなたったいまできたばかりのように、うるうるもりあがって、まっ青なそらのしたにならんでいました。一郎はいそいでごはんをたべて、ひとり谷川に沿ったこみちを、かみの方へのぼって行きました。

すきとおった風がざぁっと吹くと、栗《くり》の木はばらばらと実をおとしました。一郎は栗の木をみあげて、

「栗の木、栗の木、やまねこがここを通らなかったかい」とききました。栗の木はちょっとしずかになって、

「やまねこなら、けさはやく、馬車でひがしの方へ飛んで行きましたよ」と答えました。

「東ならぼくのいく方だねえ、おかしいな、とにかくもっといってみよう。栗の木ありがとう」

栗の木はだまって実をばらばらとおとしました。

一郎がすこし行きますと、そこはもう笛ふきの滝《たき》でした。笛ふきの滝というのは、まっ白な岩の崖《がけ》のなかほどに、小さな穴があいていて、そこから水が笛のように鳴って飛び出し、すぐ滝になって、ごうごう谷におちているのをいうのでした。

一郎は滝に向いて叫びました。

「おいおい、笛ふき、やまねこがここを通らなかったかい」滝がぴーぴー答えました。

「やまねこは、さっき、馬車で西の方へ飛んで行きましたよ」

「おかしいな、西ならぼくのうちの方だ。けれども、まあも少し行ってみよう。ふえふき、ありがとう」

滝はまたもとのように笛を吹きつづけました。

一郎がまたすこし行きますと、一本のぶなの木のしたに、たくさんの白いきのこが、どってこどってこどってこと、変な楽隊をやっていました。

一郎はからだをかがめて、

「おい、きのこ、やまねこが、ここを通らなかったかい」

とききました。するときのこは、

「やまねこなら、けさはやく、馬車で南の方へ飛んで行きましたよ」とこたえました。一郎は首をひねりました。

「みなみならあっちの山のなかだ。おかしいな。まあもすこし行ってみよう。きのこ、ありがとう」

きのこはみんないそがしそうに、どってこどってこと、あのへんな楽隊をつづけました。

一郎はまたすこし行きました。すると一本のくるみの木の梢《こずえ》を、栗鼠《りす》がぴょんととんでいました。一郎はすぐ手まねぎしてそれをとめて、

「おい、りす、やまねこがここを通らなかったかい」とたずねました。するとりすは、木の上から、額に手をかざして、一郎を見ながらこたえました。

「やまねこなら、けさまだくらいうちに馬車でみなみの方へ飛んで行きましたよ」

「みなみへ行ったなんて、二とこでそんなことを言うのはおかしいなあ。けれどもまあもすこし行ってみよう。りす、ありがとう」りすはもういませんでした。ただくるみのいちばん上の枝がゆれ、となりのぶなの葉がちらっとひかっただけでした。

一郎がすこし行きましたら、谷川にそったみちは、もう細くなって消えてしまいました。そして谷川の南の、まっ黒な榧《かや》の木の森の方へ、あたらしいちいさなみちがついていました。一郎はそのみちをのぼって行きました。榧の枝はまっくろに重なりあって、青ぞらは一きれも見えず、みちはたいへん急な坂になりました。一郎が顔をまっかにして、汗をぽとぽとおとしながら、その坂をのぼりますと、にわかにぱっと明るくなって、眼がちくっとしました。そこはうつくしい黄金《きん》いろの草地で、草は風にざわざわ鳴り、まわりはりっぱなオリーブいろのかやの木のもりでか

こまれてありました。

その草地のまん中に、せいの低いおかしな形《なり》の男が、膝《ひざ》を曲げて手に革鞭《かわむち》をもって、だまってこっちをみていたのです。

一郎はだんだんそばへ行って、びっくりして立ちどまってしまいました。その男は、片眼で、見えない方の眼は、白くびくびくうごき、上着のような半纏《はんてん》のようなへんなものを着て、だいいち足が、ひどくまがって山羊《やぎ》のよう、ことにそのあしさきときたら、ごはんをもるへらのかたちだったのです。一郎は気味が悪かったのですが、なるべく落ちついてたずねました。

「あなたは山猫をしりませんか」

するとその男は、横目で一郎の顔を見て、口をまげてにやっとわらって言いました。

「山ねこさまはいますぐに、ここに戻ってお出《で》やるよ。おまえは一郎さんだな」

一郎はぎょっとして、一あしうしろにさがって、

「え、ぼく一郎です。けれども、どうしてそれを知ってますか」と言いました。するとその奇体な男はいよいよにやにやしてしまいました。

「そんだら、はがき見だべ」

「見ました。それで来たんです」

「あのぶんしょうは、ずいぶん下手だべ」と男は下をむいてかなしそうに言いました。一郎はきのどくになって、

「さあ、なかなか、ぶんしょうがうまいようでしたよ」

と言いますと、男はよろこんで、息をはあはあして、耳のあたりまでまっ赤になり、きもののえりをひろげて、風をからだに入れながら、

「あの字もなかなかうまいか」とききました。一郎はおもわず笑いだしながら、へんじしました。

「うまいですね。五年生だってあのくらいには書けないでしょう」

するとと男は、急にまたいやな顔をしました。

「五年生っていうのは、尋常五年生だべ」その声が、あんまり力なくあわれに聞こえましたので、一郎はあわてて言いました。

「いいえ、大学校の五年生ですよ」

すると、男はまたよろこんで、まるで、顔じゅう口のようにして、にたにたにたにた

にた笑って叫びました。

「あのはがきはわしが書いたのだよ」一郎はおかしいのをこらえて、

「ぜんたいあなたはなにですか」とたずねますと、男は急にまじめになって、

「わしは山ねこさまの馬車別当だよ」と言いました。

そのとき、風がどうと吹いてきて、草はいちめん波だち、別当は、急にていねいなおじぎをしました。

一郎はおかしいとおもって、ふりかえって見ますと、そこに山猫が黄いろな陣羽織のようなものを着て、緑いろの眼をまんまるにして立っていました。やっぱり山猫の耳は、立ってとがっているなと、一郎がおもいましたら、山猫はぴょこっとおじぎをしました。一郎もていねいに挨拶《あいさつ》しました。

「いや、こんにちは、きのうははがきをありがとう」

山猫はひげをぴんとひっぱって、腹をつき出して言いました。

「こんにちは、よくいらっしゃいました。じつはおとといから、めんどうなあらそいがおこって、ちょっと裁判にこまりましたので、あなたのお考えを、うかがいたいとおもいましたのです。まあ、ゆっくり、おやすみください。じき、どんぐりど

もがまいりましょう。どうもまい年《とし》、この裁判でくるしみます」山ねこは、ふところから、巻きたばこの箱を出して、じぶんが一本くわえ、

「いかがですか」と一郎に出しました。一郎はびっくりして、

「いいえ」と言いましたら、山猫はおおようにわらって、

「ふふん、まだお若いから」と言いながら、マッチをしゅっとすって、わざと顔をしかめて、青いけむりをふうと吐きました。山ねこの馬車別当は、気を付けの姿勢で、しゃんと立っていましたが、いかにも、たばこのほしいのをむりにこらえているらしく、なみだをぼろぼろこぼしました。

そのとき、一郎は、足もとでパチパチ塩のはぜるような、音をききました。びっくりしてかがんで見ますと、草のなかに、あっちにもこっちにも、黄金《きん》いろのまるいものが、ぴかぴかひかっているのでした。よくみると、みんなそれは赤いずぼんをはいたどんぐりで、もうその数ときたら、三百でも利《き》かないようでした。わあわあわあわあ、みんななにか言っているのです。

「あ、来たな。蟻《あり》のようにやってくる。おい、さあ、早くベルを鳴らせ。今日はそこが日当たりがいいから、そこのとこの草を刈れ」山猫は巻きたばこを投げすてて、

大いそぎで馬車別当にいいつけました。馬車別当もたいへんあわてて、腰から大きな鎌《かま》をとりだして、ざっくざっくと、やまねこの前のとこの草を刈りました。そこへ四方の草のなかから、どんぐりどもが、ぎらぎらひかって、飛び出して、わあわあわあわあ言いました。

馬車別当が、こんどは鈴をがらんがらんがらんがらんと振りました。音はかやの森に、がらんがらんがらんがらんとひびき、黄金《きん》のどんぐりどもは、すこししずかになりました。見ると山ねこは、もういつか黒い長い繻子《しゅす》の服を着て、もったいらしく、どんぐりどもの前にすわっていました。まるで奈良《なら》のだいぶつさまにさんけいするみんなの絵のようだと一郎はおもいました。別当がこんどは革鞭を二、三べん、ひゅう、ぱちっ、ひゅう、ぱちっと鳴らしました。

空が青くすみわたり、どんぐりはぴかぴかしてじつにきれいでした。

「裁判ももう今日で三日目だぞ、いい加減になかなおりをしたらどうだ」山ねこが、すこし心配そうに、それでもむりにいばって言いますと、どんぐりどもは口々に叫びました。

「いえいえ、だめです、なんといったって頭のとがってるのがいちばんえらいんです。そしてわたしがいちばんとがっています」

「いいえ、ちがいます。まるいのがえらいのです。いちばんまるいのはわたしです」

「大きなことだよ。大きなのがいちばんえらいんだよ。わたしがいちばん大きいからわたしがえらいんだよ」

「そうでないよ。わたしのほうがよほど大きいと、きのうも判事さんがおっしゃったじゃないか」

「だめだい、そんなこと。せいの高いのだよ。せいの高いことなんだよ」

「押しっこのえらいひとだよ。押しっこをしてきめるんだよ」もうみんな、がやがやがやがや言って、なにがなんだか、まるで蜂《はち》の巣をつっついたようで、わけがわからなくなりました。そこでやまねこが叫びました。

「やかましい。ここをなんとこころえる。しずまれ、しずまれ」

別当がむちをひゅうぱちっとならしましたので、どんぐりどもは、やっとしずまりました。やまねこは、ぴんとひげをひねって言いました。

「裁判ももうきょうで三日目だぞ。いい加減に仲なおりしたらどうだ」すると、もう、どんぐりどもが、くちぐちに言いました。

「いえいえ、だめです。なんといったって、頭のとがっているのがいちばんえらいのです」

「いいえ、ちがいます。まるいのがえらいのです」
「そうでないよ。大きなことだよ」がやがやがやがや、もうなにがなんだかわからなくなりました。山猫が叫びました。
「だまれ、やかましい。ここをなんと心得る。しずまれしずまれ」別当が、むちをひゅうぱちっと鳴らしました。山猫がひげをぴんとひねって言いました。

「裁判ももうきょうで三日目だぞ。いい加減になかなおりをしたらどうだ」

「いえ、いえ、だめです。あたまのとがったものが……」がやがやがやがや。

山ねこが叫びました。

「やかましい。ここをなんとこころえる。しずまれ、しずまれ」別当が、むちをひゅうぱちっと鳴らし、どんぐりはみんなしずまりました。山猫が一郎にそっと申しました。

「このとおりです。どうしたらいいでしょう」一郎はわらってこたえました。

「そんなら、こう言いわたしたらいいでしょう。このなかでいちばんばかで、めちゃくちゃで、まるでなっていないようなのが、いちばんえらいとね。ぼくお説教できいたんです」山猫はなるほどというふうにうなずいて、それからいかにも気どって、繻子のきものの襟《えり》を開いて、黄いろの陣羽織をちょっと出して、どんぐりどもに申しわたしました。

「よろしい。しずかにしろ。申しわたしだ。このなかで、いちばんえらくなくて、ばかで、めちゃくちゃで、てんでなっていなくて、あたまのつぶれたようなやつが、いちばんえらいのだ」

どんぐりは、しいんとしてしまいました。それはそれはしいんとして、堅まってしまいました。

そこで山猫は、黒い繻子の服をぬいで、額の汗をぬぐいながら、一郎の手をとりました。別当も大よろこびで、五、六ぺん、鞭をひゅうぱちっ、ひゅうぱちっ、ひゅうひゅうぱちっと鳴らしました。やまねこが言いました。

「どうもありがとうございました。これほどのひどい裁判を、まるで一分半でかたづけてくださいました。どうかこれからわたしの裁判所の、名誉判事になってください。これからも、葉書が行ったら、どうか来てくださいませんか。そのたびにお礼はいたします」

「承知しました。お礼なんかいりませんよ」

「いいえ、お礼はどうかとってください。わたしのじんかくにかかわりますから。そしてこれからは、葉書にかねた一郎どのと書いて、こちらを裁判所としますが、ようございますか」

一郎が、

「ええ、かまいません」と申しますと、山猫はまだなにか言いたそうに、しばらくひげをひねって、眼をぱちぱちさせていましたが、とうとう決心したらしく言いだしました。

「それから、はがきの文句ですが、これからは、用事これありに付き、明日出頭すべしと書いてどうでしょう」一郎はわらって言いました。

「さあ、なんだか変ですね。そいつだけはやめたほうがいいでしょう」

山猫は、どうも言いようがまずかった、いかにも残念だというふうに、しばらくひげをひねったまま、下を向いていましたが、やっとあきらめて言いました。

「それでは、文句はいままでのとおりにしましょう。そこで今日のお礼ですが、あなたは黄金《きん》のどんぐり一升と、塩鮭のあたまと、どっちをおすきですか」

「黄金《きん》のどんぐりがすきです」

山猫は、鮭《しゃけ》の頭でなくて、まあよかったというように、口早に馬車別当に言いました。

「どんぐりを一升早くもってこい。一升にたりなかったら、めっきのどんぐりもまぜてこい。はやく」

別当は、さっきのどんぐりをますに入れて、はかって叫びました。

「ちょうど一升あります」山ねこの陣羽織が風にばたばた鳴りました。そこで山ねこは、大きく延びあがって、めをつぶって、半分あくびをしながら言いました。

「よし、はやく馬車のしたくをしろ」白い大きなきのこでこしらえた馬車が、ひっぱりだされました。そしてなんだかねずみいろの、おかしな形の馬がついています。

「さあ、おうちへお送りいたしましょう」山猫が言いました。二人は馬車にのり、別当はどんぐりのますを馬車のなかに入れました。

ひゅう、ぱちっ。

馬車は草地をはなれました。木や藪《やぶ》がけむりのようにぐらぐらゆれました。一郎は黄金のどんぐりを見、やまねこはとぼけたかおつきで、遠くを見ていました。

馬車が進むにしたがって、どんぐりはだんだん光がうすくなって、まもなく馬車がとまったときは、あたりまえの茶いろのどんぐりに変わっていました。そして、山ねこの黄いろな陣羽織も、別当も、きのこの馬車も、一度に見えなくなって、一郎はじぶんのうちの前に、どんぐりを入れたますを持って立っていました。

それからあと、山ねこ拝というはがきは、もうきませんでした。やっぱり、出頭すべしと書いてもいいと言えばよかったと、一郎はときどき思うのです。

みやざわ・けんじ（一八九六〜一九三三）詩人

暗殺者

金井美恵子

猫が夜中に訪ねて来たので、彼女の孤独な夜についにすくいが訪れた。猫はガラス窓を前肢でたたいて、窓をあけてくれるように合図を送ってよこしたのだ。窓をあけてやってから、彼女は猫に向って、今晩は、お部屋をお間違いではありませんか、といった。セロ弾きの部屋はおむかいですよ。それに、おむかいのセロ弾きはジュリアードの留学から去年帰ってきたばかりで、オーケストラの演奏にいつも遅れてしまうような演奏家ではないらしいです。もっとも、はじめておむかいのセロ弾きにあった時、あたしは電気工事人と間違えたんですけれど。

猫は部屋の橙色の電燈を浴びて眼の緑色を淡く燃えあがらせ、桃色の鼻を少しひくひくさせた。魚くさい息を彼女に吐きかけながら、セロ弾きだのなんだのって、そんな冗談は月並みですね。いやんなっちまうよ、と答えた。

「そういうつもりじゃなかったんです。でも、たまたま、セロ弾きが前の部屋に引っ越して来た直後だったし、あなたが猫でいらっしゃるものですから、つい、誤解してしまいました。ところで、あたしに御用なんですの？」

猫は用があるからやって来た、用がなければこんな夜遅く寒い中を誰が歩いてなんか来るものか、と無愛想に言い、彼女のソファの上に飛び乗ってすわりごこちの一等良い姿勢を決めるまで、もそもそと動きまわり、結局、四肢を横に投げ出して、楽々と伸びた格好でクッションに横たわるのが一等気に入ったようだった。「それから、ラムとバタを落した温かい牛乳少しとサーディンでもあったら、なお結構ですね」といって部屋をジロジロ眺めまわすのだった。風邪をひきそうなんですよ、外は寒くてね。彼女の飼っている鸚鵡が不躾な猫の訪問者の態度に苛立って叫び立てた。

「ラムとバタを落した温かい牛乳とサーディンですか？」

「そう。それにいつもだったら、わたしはオートミールのぬるいやつを一緒に食べるんです。ああ、そうだ。ミルクは熱くしないでくださいよ」

たとえ猫でなかったとしても、初対面の男がいきなり部屋に入って来て勝手な注文をするのは、図々しい不作法なことだわ、と彼女は考えた。けれど、まあ、今夜は特別に、この猫の言うとおりにしてやってもいいことにしよう。彼女は台所に立って温めた牛乳にジャマイカ産のラム酒とバタを落し、自分用には黒麦酒とラムを割った首吊り人の血という飲み物を作り、ノルウェーのオイル・サーディンの罐を開けて、猫にふるまうことにした。あいにく、オートミールは切れていたけれど、ライ麦パンが残っていたので、ミッキイ・マウスの柄のスープ皿にミルクを入れ、お対の浅皿にライ麦パンとサーディンを盛って、お盆を持って居間に戻った。赤茶色の大きな、バルチス風の縞猫は鼻をひくひくさせながら部屋のにおいを嗅ぎまわっている最中で、彼女と眼があうと、薄緑色の濡れた銀杏のような眼をずるそうに光らせ、ふんふん、ノルウェーとジャマイカのにおいだな、北の氷の海の嵐と南の島の台風《タイフーン》か、と言い、咽喉をぐるぐるさせるのだった。

「静かに、静かに願います。鸚鵡があなたにおびえて、ギャアギャア喚き出すと、うるさくて話しも出来なくなりますから」猫は不満そうに鼻を鳴らし、物真似がせいぜいの長舌鳥の首根っこなんか、おれは一嚙みでやっつけることだって出来るんだけれど、と言って背中の毛を逆立て、黄色い歯と桃色の歯ぐきをむき出し、緑色の眼を獰猛に燃える炎色に変えて、哀れな鳥を威嚇するのだった。熱帯生れの極彩色の鳥は向日葵《ひまわり》の種をついばみながら猫の言った言葉を聞えないふりで無視したけれど、傷つけられた誇りで羽毛がかすかにふるえた。鳥はもう眠たかったのかもしれない。

猫と彼女は風邪っ気を追い払うために、アルコール飲料を飲みはじめた。猫は薄いよく撓《しな》う肉質の花弁のような舌でラム入りミルクを舐めていたが、途中でミルクを飲むのをやめ、ぷふっ、という音をたてて吹き出した。吹き出した鼻息を吸い込む瞬間に、ミルクが鼻穴に入ってしまったらしく、猫は何回かたて続けにくさめをし、首を振って細い針金くらいもある髭の先についたミルクの滴くをふりはらった。

「ミッキイ・マウスの柄とは、恐れ入りましたな。お嬢さん。仔猫じゃあるまいし」

「あら。あたしは、ほんのおもてなしの冗談のつもりだったんですわ」彼女はどぎまぎして答えた。

「いいんですよ。こんなことは大した問題じゃない」

猫は御馳走をすっかり片づけてしまうと、今度は身体を舐める猫特有の食後のたしなみに没頭しはじめた。お腹がいっぱいになると、猫はどうして例外なく身体を舐める作業をはじめるのだろう、まして、この赤茶色の縞猫は、いわば並外れた猫だっていうのに、と彼女は首吊り人の血を飲みながら考えた。たっぷりの唾液で濡れたざらざらの薔薇色の舌が、柔らかな赤茶色の毛皮を丹念に蕠《なめ》して行く様子を観察して、彼女はきっとこれは、食後の方が唾液の分泌が盛んになっているせいなんだわ、と思った。唾液で濡れた毛皮は、ふわふわとした柔らかな感触を失って、その部分だけが、まるで殻を破って出て来たばかりのひよこか水からあがったばかりの海狸《ビーバー》のように毛皮が、べったりと皮膚にはりついていて、彼女は、子供の時分から、それが嫌いだった。なんだか、それはひどく異質な、猫の持つ柔らかさと毛深さによって確かめられる皮膚感とは異質な感触を彼女の皮膚に覚えさせるのだった。身体を舐めている時の猫って嫌いだわ、と彼女は言った。気持が悪くて。猫というけものにまつわるあらゆる生臭いにおいが――それは生肉と小さな動物の血のにおい、飽食した胃袋で醱酵した肉と血の腐臭、密生した毛皮にしみついた埃くささ、密生した毛皮の密林で血を吸う蚤《のみ》たち——その行為の中で、ますますにおいたてるからだわ。

猫は身体中を、顔から肛門から陰部にいたるまで、すっかり綺麗に舐めてしまってから、ようやく口を開いた。生理的習慣に対して、生理的好き嫌いを云々されても答えようがない、と猫は倦怠した知識人のように狡猾な口調で言った。彼女は恥じて、でも、あたしは本質的には猫を好きなのよ。猫科に属する獣を好きなのよ、と意味のないいいわけを言った。猫も彼女も、しばらく黙り込み、沈黙の中で彼女の指先と猫の髭がふるえた。

今夜はやけに記憶が鮮明な映像と言葉を獲得している晩だわ。と彼女は思った。記憶が時間を無視して、手ひどい鮮明さであたしの脳髄を痺れさせる。思い出そうともしていないのに、この時の蘇生の夥《おびただ》しさはいったいどう始末したらいいものかしら。まるでわたしの頭部が水晶の球になったみたいだわ。夥しい鮮明な記憶の蘇生は、個々の記憶の間に強弱のリズムというものを刻まなかったので、彼女はその静かさを好もしいものと思った。まったく、自然な静かさだわ。夢というのは、もっと騒々しいもんだわ。これが夢だったら、もっと騒々しくて無気味に違いないものね。

それから、彼女はソファに寄りかかって部屋の中を、記憶の行列が横切って行くのを眺めた。記憶は、部屋の中に時々立ちどまって、なつかしい寸劇を演じたり、彼女に話しかけたりした。それはどうやら猫にも見えているらしかった。鸚鵡一人がそれを見ていないので、退屈した鳥は高い声で調子っぱずれの切れぎれの古い歌をうたった。「頭の先から爪先まで恋に身を輝かせて……また恋してしまったの……」寝台の上で身体を重ねあわせている彼女と男の姿態がスライドのように動作の変化を見せるごとに、男の顔が別の顔に変わるのを見て、猫が彼女の顔を赤らめさせるような下品な笑い方をして彼女に聞くに耐えないような辱《はずかし》めの言葉をいった。「その度ごとに真剣だった、なんてあたしは言わないわよ」と彼女は真面目に答えた。「そうよ。そんな単純じゃあないんだから」あらゆる彼女の生きてきた瞬間が時を失速して再現されているこの現実の前で、それをそのまま認める以外、何が出来ただろう。こう記憶が鮮明に見えるようでは、あたしは死ぬのに違いない、と彼女は思いあたった。彼女は今白いネルの寝間着を着て午前中の太陽が灰色の磨ガラス越しに差し込む部屋に寝ていて、夢からさめたばかりだった。繰り返し見つづけた同一の夢を見ていたのだ。彼女はここにいて、そして同時に、あの二十年以上も昔の、朝日の差し込む部屋の中で繰り返して見た同一の夢からさめたばかりの放心した彼女だった。熟した桃の果実の色をしたゴム毬が道路をはずみながら転って川に落ち、花火が夜空に打ちあげられる。それから夜の大気、かすかに甘い揮発性の露を含んだ大気のひろがりの中に包まれて、彼女はつかみようのない未来――大人になること、成熟すること！　ようやくはじまるであろう輝かしい腐蝕の時！　癒されることのない暗血色の傷のひろがり――に幻惑されてわれを忘れる。この時を、この今の瞬間を、いつ思い出すのだろう、と彼女は考えたものだ。あるいは、もの悲しい黄金の蜜に漬けられた幼年期の透明な朝と雨の中で、マシュマロと香水と生肉と乳のにおいのする柔らかくしなやかな母親の白い腕の中で（においが彼女を包み込む。それから低い眠む気を誘うささやき声――）、苛立しい甘美な無垢の時のわだかまりが巻貝の回廊の中で透明な泡になる。乾肉色の巻貝の内部を口笛と雪が激しく通過する。乾杏色の男たちの腕に彼女の身体を走る電流が流れる。目くるめく蘇生した時の中で、彼女は徐々に自分が癒されているのを発見して涙を流した。

「けれど」と彼女は猫にむかってつつましく言った。「死がこんなに優しいかたちでやって来るなんて信じられないわ。そんな恩寵がこのあたしに恵まれていいものかしら」

赤い鳥籠のかけ金を嘴《くちばし》ではずして外に出てしまった鸚鵡が、しわがれ声で何か喋りながら猫をからかっていた。鳥と猫の敏捷さの競争であった。鸚鵡は猫の尾を嘴でついばんで毛をむしり取り、猫は長い尾の毛を壜洗いのブラシのように逆立てた。猫は素早く跳躍しながら爪をたてた前肢で鳥の咽喉首をねらった。長いこと籠に幽閉され飛ぶための翼より嘴でつくろうための華麗なマントになってしまった翼を持った鸚鵡は猫の敵ではなく、飛ぶことに慢心し翼を過信していた鳥は、嘴で眼の獰猛に燃える緑の眼玉を美味しい餌のようについばもうとして、反対に首っ玉を猫の丈夫で精悍な歯の餌食にされてしまった。猫は口のまわりの血を舌で舐め、彼女の膝の上に飛び乗って丸くなった。柔らかな赤茶色の毛皮の密生したしなやかで強靱な皮、その皮に守られた肉と内臓と骨格を、彼女の皮膚は感知した。皮を剝がれた猫というのは見たことがないわ、と彼女は膝の上のエロティックで荒々しい動物を愛撫しながら考え、おのれの死を目前にして、皮を剝がれた血だらけの猫の肉の塊について考えるのはおかしいことかもしれないと思った。それに、あたしはこの猫に食べられてしまうかもしれないんだわ。死は、そんなかたちで訪れるのかもしれない。それが死で、それがエロティックであるためには、暴力が義務づけられているんだわ。その暴力が、それほど過激でないといいんだけれどなあ。

猫はたてつづけに血のにおいのするげっぷをあげ、消化不良の極彩色の鳥の羽のまじった吐瀉物を彼女の膝の上に吐いた。嘔吐が胃を痙攣させて咽喉をつきあげるたびに猫は彼女の膝の肉に爪を立てたので、彼女の薄薔薇色のタイ・シルクの部屋着に包まれた大腿部の肉が裂けて血が流れた。猫はなおも悪臭のする吐瀉物を彼女に吐きかけ、それが裂けた傷口の血とまじりあい、苦痛と悪臭のために彼女は涙を浮べた。いつの間にか猫は暴力によって支配者として彼女の上に君臨していた。胃袋の中味を全部吐いてしまうと、汚穢と血で汚れた彼女の膝の上で猫は、おれはお前のことを何だって知っているんだからな、と鮮紅色の口腔を威嚇するように開いて言った。

　案の定猫は暗殺者だった。

「あたしが猫全体に対して、いったい何をしたというの？」彼女は静かに言った。

「そんなことを問題にしたことはないんだよ。あんたが猫全体に何をしたかなんて、猫全体は問題にもしやしないね。それに、なんであれ、あんたの行為の正当な結果として、おれはつかわされて来たわけじゃないんだよ」

「あんたを責めているわけじゃないのよ。あたしはさっき、多分あんたの力が見せてくれた記憶のおかげで、死を受け入れることが出来そうだから。でも、あんたは一体誰につかわされて来たの？」


　猫と彼女は川の縁を歩いていた。街中は寝静まっていて、コンクリートで固められた深い土手の底に黒い水が激しく逆巻き泡立ちながら流れていた。黒い水は、固い金属の塊のように見えた。低い家並みの上空を遠くの不夜の街のネオンサインが淡く薄い灰色のぼんやりした光芒で染めあげ、土手の縁に植えられたプラタナスの街路樹の一本一本の根方には、濁ったクリーム状の吐瀉物と犬の糞がそなえられていた。

「あたしの愛した男のはなしがしたいわ」と、彼女は寒かったのでアンゴラのマフに両手をつっ込んだまま無理をして耳の後を掻こうとしながらいった。「もっとも、あんたはあたしのことを全部知っているそうだけれど」

「あんたの想像力がつく嘘までは知ってないんだよ」猫は寒さにふるえながらずるそうに鳴き声をあげ「マフと一緒におれを抱いてくれたら、はなしを聞いてやる」といった。

「あんたは十キロはたっぷりありそうなんだもの……」彼女はしぶしぶ猫を抱きあげながら言った。猫は彼女の腕の中で丸くなり、前肢とお腹の間に顔を埋めるようにしていた。猫の冷たく濡れた桃色の鼻からもれる息が、お腹の白い柔らかな毛をふわふわ吹きあげていた。こうしてみると、猫はバルチス風の険ぱしった幼児的血なまぐささというよりはシャルダンかフラゴナールの居間の少女の弾くクラブサンの足許にうずくまっていそうな猫に見えた。

「あたしの上を男たちは乗っかって、そして通過していったわ。あるいは、あたしは男たちの上に乗っかって、そして通過してきたともいえるかもしれない。あたし、自分が男たちの眼に、どんな具合にうつったか、今ではよくわかるのよ。さすが死の力は凄いわね」

それから彼女たちは再び部屋に戻った。部屋の中には嘔吐と血のにおいが充満していた。――その前に一杯やらせてね、と彼女は言ってウイスキイをグラスに注いで荒々しく咽喉に流し込んだ。――さようなら。猫は敏捷に身体を撓わせて彼女ののど笛に踊りかかった。ウイスキイのにおいのする血が咽喉から迸《ほとばし》った。彼女は微笑を浮べて猫の頭を愛撫しようとした。――あんたはあたしの肝臓から食べるつもりなんでしょう？　あたし、あんた好きよ。

その瞬間、彼女の暗紅色の内臓の中で星が爆発した。やがて、満腹した猫は自分の身体を舐めまわしはじめる。顔からはじまって全身を、肛門から陰部にいたるまで。

かない・みえこ（一九四七〜　）作家

ネコ

星新一

郊外の林の奥の家に、エス氏はひとりで住んでいた。いや、正しくいえば、ネコといっしょに暮していた。

高価な、毛なみのいいネコで、エス氏は心からかわいがり、なによりも大切にしていた。

ネコについての本を買いあつめ、なんども読みかえし、ほとんど暗記してしまったほどだった。ネコはどんな食べ物が好きなのかを研究し、毎日、それをつくって食べさせた。また、ちょっとでもネコが元気をなくすと、あわてて医者を呼びよせる。

多くの人は、夜になるとテレビをながめるものだが、エス氏はそれよりも、ネコの背中をなでるほうが好きだった。

ある夜のこと。

そとで、聞きなれないひびきがした。それから、玄関のドアにノックの音がした。エス氏はネコと遊ぶのをやめ、ドアをあけてそとをながめ、首をかしげた。ドアをたたいたのは、手ではなかったのだ。

うす茶色をした細長いものだ。ワニのしっぽのようでもあり、タコの足のようでもあった。

「いったい、これは、なんのいたずらだ」

エス氏はそういいながら、相手をよく見た。だが、そのとたんに気を失った。

うす茶色の細長いものは、道具やオモチャのようなものではなく、そのからだの一部だったのだ。

大きさは人間と同じくらいだが、形はまるでちがっていた。前から見たところでは、トランプのクラブのような形の生物だった。よこから見るとスペードの形ににていて、上から見るとハート型に近かった。一本足でとびはねているが、足あとはダイヤの形かもしれない。

うす茶色の長い一本の腕は、頭のてっぺんあたりからのびている。こんな生物が、地球上にいるわけがない。そう、遠いカード星から、はるばるやってきたのだ。

そのカード星人は、ドアをくぐって、なかに入ってきた。ネコはたいくつそうにねそべったまま「にゃあ」とないた。

それを聞き、カード星人は話しかけた。

「わたしは、どんな星のどんな生物とでも、テレパシーで話しあえる能力をもっています。学校で習って、身につけました。それでお話をしましょう」

ネコはなくのをやめ、テレパシーで答えた。

「あら、ちゃんと話が通じるわ。べんりな方法があるものね。ところで、見なれないかただけど、なんの用できたの」

「じつは、わたしはカード星の調査員でございます。ほうぼうの星々をまわり、平和的な星と、そうでない星との区別をし、記録をとっております」

「それで、ここへも立ち寄ったというわけね」

「はい、さようでございます。しかし、敬服いたしました。たいていの星の住民は、わたしの姿を見ると驚いて、わめいたり逃げたりします。だが、あなたは、おちついていらっしゃいます」

「いちいち驚くようでは、支配者の地位はたもてないわよ」

「これはこれは。あなたが、この星を支配なさっている種族でしたか。わたしはてっきり、そこに倒れている二本足の生物のほうが、支配者だろうと思いこんでいました。失礼いたしました。で、この二本足は……」

カード星人は、うす茶色の腕のさきを、気を失ったままでいるエス氏にむけた。

ネコはあっさりと答えた。

「自分たちのことを、人間とよんでいるわ。あたしたちの、ドレイの役をする生物よ。まじめによく働いてくれるわ」

「どんなぐあいにでしょう」

「そうね。ぜんぶ話すのはめんどうくさいけど、たとえばこの家よ。人間が作ってくれたわ。それから牛という動物を飼い、ミルクをしぼって、あたしたちに毎日、はこんでくれるわ」

「なかなか利口な生物ではありませんか。しかし、そのうちドレイの地位に不満を感じて、反逆しはじめるかもしれないでしょう。大丈夫なのですか」

「そんなこと、心配したこともないわ。そこまでの知恵はない生物よ」

カード星人は感心して聞いていたが、変な形の装置をとりだして言った。

「まことに失礼なお願いですが、ウソ発見器を使わせていただけませんか。調査を正確にしたいのでございます」

「どうぞ、ご自由に」

と、ネコはめんどくさそうに答えた。カード星人は、器械の一部をネコの頭にのせ、いくつかの質問をした。

そして、いままでの話がほんとうかどうかを、たしかめた。また、平和的な心のもちぬしかどうかの点は、とくに念をいれて調査した。

「おそれいりました。このような平和的な種族が支配する星は、いままでに見たことがありません。どうぞ、いつまでも支配しつづけるよう、お祈りいたします」

「もちろん、そのつもりよ」

と答えるネコと別れ、カード星人はぶかっこうな動きでとびはねながら、ドアから出ていった。それから、林のなかにとめておいた小型の宇宙船に乗りこみ、夜の空へと消えていった。

しばらくして、エス氏は気をとりもどした。こわごわあたりを見まわしながら、ネコに話しかけた。

「なにか見なかったかい。みょうな形をしたやつが、いたような気がしたが」

ネコはいつものように「にゃあ」とないた。

エス氏はうなずいて言った。

「見なかったというんだな。そうだろうとも。うす茶色で、クラブの形をした生物など、いるわけがない。なにかの錯覚だったにきまっている。なあ、そうだろう」

エス氏はまた、ネコの背中をなではじめた。ネコは、なにごともなかったように「にゃあ」となくだけだった。

ほし・しんいち（一九二六～一九九七）作家

解説　猫ならば……

井上荒野（作家）

「どうして作家は猫を飼うのでしょう？」と質問されたことがある。

いや、その前提は少し乱暴ではないですか……犬を飼っている作家も、兎《うさぎ》を飼っている作家も爬虫類《はちゅうるい》を飼っている作家もいるでしょう。私はそう答えたのだが、質問者が知りたかったのは「どうして作家は猫を書くのでしょう？」ということではなかったのかと、今考えている。

それだって、雑な前提かもしれないけれど……兎や爬虫類はともかくとして、犬の小説は猫の小説と同じくらい存在しているかもしれない。ただ、かの有名な漱石《そうせき》の一作を筆頭として、猫の場合は、語り手にしたり登場人物にしたりと、人間のパートナーではなく人間と同様のものとして書かれることが多いように思う。「同等」ではなく「同様」というのが重要であるような気もする。それはなぜだろう？　このアンソロジーに集められた小説を読みながら、そんなことを考えた。

「黒猫ジュリエットの話」森茉莉

黒猫ジュリエットによって語られる、飼い主の生活と意見。この飼い主の小説家牟礼魔利は作者自身のことに違いなく、作中には実在の作家名がいくつも登場し、それが島尾花雄、焼野雉三、羽崎七雄、などともじってあるのがおもしろい（仲の良い萩原葉子《はぎわらようこ》は野原野枝実という、複雑なもじりかたの名前になっている）。

猫は語り手に徹していて、自分自身のことはほとんど語らない。つまりこれはほとんど森茉莉の私小説なのだが、猫に語らせることによって、客観性とはまた別ものの、小憎らしいヴェールがかかっている。自虐も社会批評も――「日本では愉快な人間というものを解さない。人間は制服を着たように同じでなくてはいけなくて、又実に皆よく似ている」などの述懐からはじまる情景描写は痛快で、現代でも十分通用する――、森茉莉が飼っている黒猫なら言いそうだ、と思わされ、同時に「あら、私じゃなくて猫がそう言ってるのよ。本当に生意気な猫ね」とクスクス笑う著者の顔が眼に浮かぶようだ。

「雲とトンガ」吉行理恵

これも私小説と言っていいだろう。兄猫の雲を亡くしたあとの、妹猫トンガと主人公との日々。私も二匹の猫と暮らしてきて、去年、一匹を亡くしたので、この小説に横溢《おういつ》する哀《かな》しみに深く共感しながら読んだ。

猫の気配は死んでも残る。経験上、これはまぎれもない事実だと思う。「(犬は人につき)猫は家につく」という言い方もあるから、そういうことなのかなとも思う。いずれにしても、生きているときはむしろ気配を隠して、人の足元からするりとドアをくぐって脱走したりもするのに、死後はやたらその辺に「いる」のが感じられて、もしかしたら触れられるのではないかと思わず何もない空間を撫《な》でたり、名前を呼びかけたりしてしまうのだ。

猫の表情ということについても考える。たぶん、猫は無表情でいるときが犬よりも多いと思うのだが、そのぶん、猫と一緒にいる人間は、その無表情の中に猫の気持ちを探してしまう。喜んでる、待ってる、悲しんでる、怒ってる、考えてる、訴えてる……そう見えるということは私たちの心がそう見せているのだろう。この小説では雲の気配とともに、主人公の耳にだけ聞こえる妹猫トンガの呟《つぶや》きが、彼女の心情を読者に伝えている。

「猫のうた」「愛猫」室生犀星

室生犀星は猫好きだったのだろうかと調べてみると、猫と一緒に火鉢にあたっている写真が出てきて、これは室生犀星というより猫好きの間でとても有名な一枚らしい。そしてこの写真は、火鉢に両手をかけて気持ちよさそうにしている猫がとんでもなくかわいいのだが、その猫を目を細めて眺めている室生犀星も同じくらいかわいい。そんな詩人が書いたこの二編の詩は、もちろん猫への愛に溢《あふ》れていて、かつ、それほどに猫を愛する自分への困惑というか不思議さも滲《にじ》み出ている。「猫のうた」の中では「それだのに」という言葉を私はしみじみ嚙《か》みしめてしまう。「愛猫」には、詩の隅々に謎を解こうとする手捌《てさば》きを感じる——その謎とは、もちろん、「私はどうしてこんなに猫を愛《いと》しく思うのか」だ。

「猫と婆さん」佐藤春夫

老夫婦と猫の暮らし。飼い猫について綴《つづ》りながら、後半は老妻の話になっていく。

この、混じり具合が面白い。老主人と老妻との会話は、彼が猫に語りかけているようにも思えてくる。老妻の、洒脱《しゃだつ》な答えかたも、どこか猫っぽいのである。老主人は老妻の「わるさ」に対して、「仕置きは終身執行猶予として、その代りという わけでもないが」と、ある条件を出す。その愛情ぶかさ。そのあと、長く体調不良で弱っていた猫が元気を取り戻す、という成り行きに微笑させられる。

猫は人間よりも老いるのが早い。猫だけにかぎったことではないけれど、動物と暮らせば、通常は動物のほうが飼い主よりも先にこの世を去っていく。動物との暮らしが長くなればなるほど、飼い主はその日のことを考えざるを得ない。そして「死」のことを考えはじめれば、どうしたって「生」のことに思いは至る。つまりいつの間にか自分自身のことをも考えている。結局、混ざってしまう。

この小説の初出は一九六三年十月とあり、ふと気になって調べてみたら、佐藤春夫の没年は一九六四年だった、ということも書き加えておきたい。

「猫の首」 小松左京

この恐ろしいSF小説は、私が中学生のときの課題図書だった。どんな感想文を書いたかはすっかり忘れてしまったのだが、ショッキングな冒頭シーンの印象が強くて、ほとんど再読していなかった。今回、久しぶりに読んでみて、やっぱり怖いことには変わりないのだが、印象深かったのはラストシーンの「……お前たちにこの『高貴な愚行』ができないかぎり、人間は、たとえ貴様たちにみんな食い殺されても、依然として地球上における『万物の霊長』の栄誉をたもちつづけるだろう」という主人公の独白だった。この「高貴な愚行」にはもちろん猫と人間の関係がかかわっている。

人間（この小説においては「人類」というべきかもしれない）という生きものだけが持つすばらしさを語りながら、「万物の霊長」としての罪についても考えさせられ、短いけれどみっちり詰まった一作だ。

「大王猫の病気」梅崎春生

童話というにはシニカルだから、寓話《ぐうわ》というべきなのだろうか。猫の大王、家来のオベッカ猫とぼやき猫と笑い猫、主治医のヤブ猫、ついでに大きな黒牛まで含めた登場動物たちを、当時の世界情勢や、あるいは現代の社会のいろんな出来事になぞらえても読むことはもちろんできるだろう。

でも、そのまま読んでも、じゅうぶんに愉《たの》しい。大王猫の傍若無人さや身勝手さ、家来猫たちや医者猫のいいかげんさややる気のなさは、猫を飼ったことがある者にとってはことさら、可笑《おか》しく、納得させられつつ、響くだろう。

「相当にながく生きてきたので、そろそろ老衰期にかかってきた」らしい大王猫は、体のいろんなところにガタがきている。ヤブ猫はいろんなことを言うのだが、妙に具体的に告げられる病状に「肝臓も相当に傷んでいて、すでにペースト状を呈しておりますな」というのがある。梅崎春生が亡くなったのは本作が書かれたおよそ十年後だが、死因は肝硬変だった。肝臓を悪くしていた梅崎が、同じような症状の猫の物語を書いたのだと考えるとき、また格別の――少し切ないような――味わいが加わると思う。

「どんぐりと山猫」宮沢賢治

宮沢賢治の童話は、やはり言葉がとても美しい。「おもてにでてみると、まわりの山は、みんなたったいまできたばかりのように、うるうるもりあがって、まっ青なそらのしたにならんでいました」などの表現を、まずは堪能《たんのう》すべき一編だと思う。主人公一郎の元へある日山猫からハガキが届き、面倒な裁判があるから来てくれ、と書いてある。私がこの童話を読んだのは大人になってからだが、何人の子供たちが、このようなハガキを切望したことだろう。

一郎は山に分け入ってその奇妙な裁判に立ち会い、見事に采配を振るって、「名誉判事になってください」と山猫から請われるのだが、それっきりハガキは二度と届かなかった。これはなぜなのか、諸説あるようだけれど、「相手が山猫だからだ」

というのが私の答え。一郎を選んだ理由がまったく説明されないのも、これからも来てくださいと言いながら、あっさり一回こっきりの招待で終わったことも、猫のふるまいにふさわしいではないか。

「暗殺者」金井美恵子

「猫が夜中に訪ねて来たので、彼女の孤独な夜についにすくいが訪れた」という冒頭から、選ばれた言葉とその配列にうっとりする。この小説の印象は、読む人によって、または同じ人でも読むときどきによって、違った色合いになるだろう。本アンソロジーの中では際立ってエロティックな一編でもあるのだが、奇妙なことに、「どんぐりと山猫」と似たことを思ってしまった。つまり、何人の女（あるいは男）が、このような訪問者を切望することだろう、と。猫は暗殺者である。でも、死そのものを望むわけではない。死とはこんなふうに訪れるものだと夢想することを、許されたい、と思うのかもしれない。

「あたしは死ぬのに違いない、と彼女は思いあたった」「それに、あたしはこの猫に食べられてしまうかもしれないんだわ」「でも、あんたは一体誰につかわされて来たの？」女はひとりごちたり猫に訊《たず》ねたりするけれど、猫の口数は少ない。お前を殺しに来たとも、覚悟をしろとも言わない。そんなところが猫らしく、犬では決して暗殺者になれないだろう、と思う所以《ゆえん》だ。

「ネコ」星新一

このショート・ショートに解説は無用だろう。「猫」に導かれてこのアンソロジーを手にした人なら、みんなニヤニヤして頷《うなず》くだろう。ただし「このような平和的な種族が支配する星は、いままでに見たことがありません」という判定には少々首をかしげざるを得ない。平和的？　いやいや、どんな科学の先端技術で調べられても、ごまかすことができるのかもしれない。猫ならば……と私は考えてしまった。

〔初出・出典一覧〕

黒猫ジュリエットの話＊森茉莉　新潮社刊『贅沢貧乏』一九六三年五月　新潮文庫『贅沢貧乏』所収

雲とトンガ＊吉行理恵　「新潮」（〝兄の影〟改題）一九七八年十月号　新潮社刊『小さな貴婦人』所収

猫のうた＊室生犀星　日本絵雑誌社刊『動物詩集』所収

愛猫　アルス社刊『青き魚を釣る人』所収

猫と婆さん＊佐藤春夫　「新潮」一九六三年十月号　河出書房新社『玉を抱いて泣く』所収

猫の首＊小松左京　「別冊小説新潮」一九六九年七月号　集英社文庫『猫の首』所収

大王猫の病気＊梅崎春生　一九五四年発表　現代社刊『随筆馬のあくび』所収

どんぐりと山猫＊宮沢賢治　一九二一年九月発表　角川文庫『注文の多い料理店』所収

暗殺者＊金井美恵子　「新潮」一九七六年二月号　集英社文庫『アカシア騎士団』所収

ネコ＊星新一　「鉄腕アトムクラブ」一九六四年九月第二号　角川文庫『きまぐれロボット』所収

単行本　二〇一四年四月有楽出版社刊

本作品はフィクションであり、登場する人物、団体、組織その他は実在のものと一切関係ありません。（編集部）

実業之日本社文庫　最新刊

西川 司
異邦の仔　バイトで行ったイラクで地獄を見た
何者かに爆弾を仕掛けられ命を狙われた男の脳裏には、数十年前の中東イラクでの出来事が――テロリストの正体は!? 実体験を基に描いた迫真のサスペンス!

に81

西村京太郎
二つ《ダブル》の首相暗殺計画
総理大臣が入院している大病院の看護師殺人事件の裏に潜む、恐るべき陰謀とは!? 十津川警部が秘められた歴史と事件の扉をこじ開ける!（解説・山前 譲）
に123

三浦しをん
ぐるぐる♡博物館
人類史から秘宝館まで、博物館が大好きな著者がときに妄想を膨らませつつお宝や珍品に迫る。愛と好奇心が渦を巻く興奮のルポエッセイ!（解説・梯 久美子）
み101

宮下奈都
緑の庭で寝ころんで　完全版
愛する家族とのかけがえのない日々を、母として、作家として見つめ、あたたかい筆致で紡ぎ出す。単行本未収録のエッセイ二年分を追加収録した贅沢な一冊!

み24

モノカキ・アエル
くちぶえカルテット
―これが、私の「音」。声がコンプレックスな少女が、口笛を通して仲間と共に成長する爽やかな青春小説。Vtuber小説家、モノカキ・アエルデビュー作。

も91

星新一、森茉莉ほか
猫は神さまの贈り物〈小説編〉
わがままで、ままならない、猫といういきもの。作家は、そこに物語を見出してきた。思わず頬ずりしたくなる、個性と愛に溢れた猫小説集。（解説・井上荒野）
ん91

実業之日本社文庫　好評既刊

相澤りょう
ねこあつめの家
スランプに落ちた作家・佐久本勝は、小さな町の一軒家で新たな生活を始めるが、一匹の三毛猫が現れて……人気アプリから生まれた癒しのドラマ。映画化。
あ14 1

恩田 陸
いのちのパレード
不思議な話、奇妙な話、怖い話が好きな貴方に――クレイジーで壮大なイマジネーションが跋扈する恩田マジック15編。（解説・杉江松恋）
お1 1

川端康成
乙女の港　少女の友コレクション
少女小説の原点といえる名作がついに文庫化！『少女の友』昭和12年連載当時の、中原淳一による挿し絵も全点収録。（解説・瀬戸内寂聴／内田静枝）
か2 1

伽古屋圭市
からくり探偵・百栗柿三郎
「よろず探偵承り」珍妙な看板を掲げる発明家・柿三郎が、不思議な発明品で事件を解明!?〝大正モダン〟な本格ミステリー。（解説・香山二三郎）
か4 1

伽古屋圭市
からくり探偵・百栗柿三郎　櫻の中の記憶
大正時代を舞台に、発明家探偵が難〈怪〉事件に挑む。密室、暗号……本格ミステリーファン感嘆のシリーズ第2弾！（解説・千街晶之）
か4 2

実業之日本社文庫　好評既刊

近藤史恵
モップの精は深夜に現れる
おしゃれでキュートな清掃人探偵・キリコが、日常の謎をクリーンに解決する人気シリーズ第2弾！　オフィスのゴミの量に謎解きの鍵が!?（解説／大矢博子）
こ35

近藤史恵
モップの精は旅に出る
〈清掃人探偵・キリコ〉シリーズ最新刊初文庫化！　事件も悩みもクリーンに解決するキュートなキリコが、目的地も告げず旅に出た……!?（解説・藤田香織）
こ36

小手鞠るい
ありえない恋
親友の父親、亡き恋人、まだ見ぬ恋愛小説家、友達の弟……ありえない相手に恋する男女が織りなす、6つの奇跡の恋物語。文庫特別編つき。
こ41

朱川湊人
遊星小説
怪獣、UFO、幽霊話にしゃべるぬいぐるみ、懐かしき「あの日」を思い出す……。短編の名手が贈る、傑作「超」ショートストーリー集。（解説・小路幸也）
し31

田牧大和
かっぱ先生ないしょ話　お江戸手習塾控帳
河童に関する逸話を持つ浅草・曹源寺。江戸文政期、寺に隣接した診療所兼手習塾「かっぱ塾」をめぐるちょっと訳ありな出来事を描いた名手の書下ろし長編！
た92

実業之日本社文庫　好評既刊

皆川博子
薔薇忌
柴田錬三郎賞に輝いた幻想ミステリーの名作。舞台芸能に生きる男女が織りなす、妖しくも美しい謎に満ちた世界を描いた珠玉の短編集。（解説・千街晶之）
み51

武良布枝
ゲゲゲの女房　人生は……終わりよければ、すべてよし!!
NHK連続ドラマで日本中に「ゲゲゲ」旋風を巻き起こした感動のベストセラーついに文庫化！　特別寄稿／松下奈緒、向井理。（解説・荒俣宏）
む11

木宮条太郎
水族館ガール
かわいい！だけじゃ働けない——新米イルカ飼育員の成長と淡い恋模様をコミカルに描くお仕事青春小説。水族館の舞台裏がわかる！（解説・大矢博子）
も41

諸星崇
猫忍（上）
厳しい修行に明け暮れる若手忍者が江戸で再会した父は……なぜかネコになっていた！「猫」×「忍者」癒し時代劇エンターテインメント。テレビドラマ化！

も71

諸星崇
猫忍（下）
ネコに変化した父上はなぜ人間に戻らないのか……掟を破り猫と暮らす忍者に驚きの事実が!?「猫」×「忍者」究極のコラボ、癒し度満点の時代小説！

も72

実業之日本社文庫　好評既刊

柚木麻子
王妃の帰還
クラスのトップから陥落した〝王妃〟を元の地位に戻すため、地味女子4人が大奮闘。女子中学生の波乱の日々を描いた青春群像劇。（解説・大矢博子）
ゆ21

司馬遼太郎、松本清張ほか／末國善己編
決戦！大坂の陣
大坂の陣400年！　大坂城を舞台にした傑作歴史・時代小説を結集。安部龍太郎、小松左京、山田風太郎など著名作家陣の超豪華作品集。
ん24

五木寛之・城山三郎ほか／末國善己編
永遠の夏　戦争小説集
戦後七十年特別編集。戦争に生きた者たちの想いが胸を打つ。大岡昇平、小松左京、坂口安吾ほか強力作家陣が描く珠玉の戦争小説集。
ん25

桜木紫乃、花房観音　ほか
果てる　性愛小説アンソロジー
溺れたい。それだけなのに――人生の「果て」に直面し、夜の底で求め合う女と男。実力派女性作家が狂おしい愛と性のかたちを濃密に描いた7つの物語。
ん41

芥川龍之介、谷崎潤一郎ほか／末國善己編
文豪エロティカル
文豪の独創的な表現が、想像力をかきたてる。川端康成、太宰治、坂口安吾など、近代文学の流れを作った十人の文豪によるエロティカル小説集。五感を刺激！
ん42

実業之日本社文庫 ん91

猫《ねこ》は神《かみ》さまの贈《おく》り物《もの》〈小説編《しょうせつへん》〉

2020年10月15日　初版第1刷発行

著　者　森《もり》茉莉《まり》 吉行《よしゆき》理恵《りえ》 室生《むろう》犀星《さいせい》 佐藤《さとう》春夫《はるお》 小松《こまつ》左京《さきょう》
梅崎《うめざき》春生《はるお》 宮沢《みやざわ》賢治《けんじ》 金井《かない》美恵子《みえこ》 星《ほし》新一《しんいち》

発行者　岩野裕一
発行所　株式会社実業之日本社
〒107-0062　東京都港区南青山5-4-30
CoSTUME NATIONAL Aoyama Complex 2F
電話 [編集]03(6809)0473 [販売]03(6809)0495
ホームページ https://www.j-n.co.jp/
DTP　ラッシュ
印刷所　大日本印刷株式会社
製本所　大日本印刷株式会社

フォーマットデザイン　鈴木正道（Suzuki Design）

ISBN978-4-408-55626-0（第二文芸）